目次

第一章　暗殺

一

残暑も過ぎ、初秋の涼しい風はひとの心に染み通るように吹く。新吉《しんきち》は三味線の箱を抱え、『桔梗家《ききょうや》』のお葉《よう》とともに長命寺《ちょうめいじ》の前を過ぎた。

長命寺は墨堤《ぼくてい》の桜の葉を使った桜餅《さくらもち》が名物で、きょうも買い求める客が並んでいた。その前を過ぎるとき、客たちの視線がふたりに注がれた。

鄙《ひな》びた風情で四季折々の美しさを見せるこの地は訪れるひとも多く、また寮や妾《しょう》宅《たく》、隠居所、そして隠遁《いんとん》する人々などが多く住んでいる。

鯉こく、シジミ汁などを出す名高い料理屋がたくさんある。芸者もいるが、柳橋《やなぎばし》や神田《かんだ》、日《に》本橋《ほんばし》などから旦那《だんな》衆が小《こ》粋《いき》な芸者を連れて遊びにくることが多く、競い合いを避けようと盛りの過ぎた芸者しか置かなかった。

そんな向島《むこうじま》にたったひとり、若くて美しい芸者が三年前に誕生した。『桔梗家』のお葉である。二十三歳、芸子島田《しまだ》に座敷着のお葉はその際立った美貌《びぼう》から人目を引き、桜餅を買う男の客の目を引き付けていた。

だが、女たちの視線は新吉に向けられている。

新吉は二十九歳、切れ長の目にすっとした鼻筋、どこか翳《かげ》のある細い顔だが、役者の菊五郎《きくごろう》によく似ている。唐桟《とうざん》の着物に博多《はかた》献上帯、紺の股引《ももひ》きに尻《しり》を端折《はしょ》り、すらりとした立ち姿は男の色気が漂っている。

新吉は箱屋である。箱屋は芸者の出先まで三味線を運び、芸者の世話や雑用まで行なう。新吉は女たちの熱い視線を意に介さず長命寺を過ぎ、墨堤通りから寺島新《てらじましん》田《でん》のほうに下った。

田畑が広がり、所々に木の繁った場所があり、はるけく筑波《つくば》の山が望める。やがて、松の名所に出る。

「新さん、こっちはじめて？」

お葉がきいた。

「へえ、来たことはありません」

新吉は松の樹林を眺めながら言う。

「新梅屋敷《しんうめやしき》を作った佐原鞠塢《さわらきくう》というお方は骨董屋《こっとうや》をやられていたそうですね」

「ええ、仙台《せんだい》で生まれ、江戸に出てから中村《なかむら》座の芝居茶屋に勤めたあと日本橋住吉《すみよし》町で骨董屋を開いたと言っていたわ」

「佐原鞠塢さんはどんなお方なんですか」

新吉は佐原鞠塢を見かけただけで言葉を交わしたことはない。五十歳ぐらいの痩《そう》身《しん》の男だった。

「とても洒脱《しゃだつ》なお方。風流人で、文人たちとの付き合いも多かったわ」

佐原鞠塢は狂歌師の大田南畝《おおたなんぽ》や絵師の酒井抱一《さかいほういつ》などと親交がある。

文化《ぶんか》元年（一八〇四）に野趣に富むこの地に土地を買い求めて、親しい文化人たちの扶《たす》けを借りて三百余株の梅の木を植えて庭園を開いた。

その後も春秋の草花を植えていった。臥竜梅《がりょうばい》で有名な亀戸《かめいど》の梅屋敷に対して新梅屋敷と呼ばれた。文人墨客などが集い、月見や蛍、虫の音を聞く催しも開き四季折々に楽しんでいた。

松の名所を過ぎて、新吉は新梅屋敷が見えてきた。

門に近づいて、新吉はおやっと思った。武士が三人いた。さらに塀の近くにも武士がいる。

「何かものものしいですね」

きょうの客は大伝馬町《おおでんまちょう》にある木綿問屋『生駒屋《いこまや》』の主人牧右衛門《まきえもん》と聞いている。

「どうやら、また勘定奉行の笠木《かさき》さまを接待されているようですね。先日、『生駒屋』の寮にお呼ばれしたときも警護は厳しかったですから」

新吉が言う。

ひと月ほど前、お葉は寺島村の『生駒屋』の寮に呼ばれた。御座敷がかかるのは料理屋だけではなく、寮やこの地にある大名の下屋敷などにも呼ばれるのだ。

そのとき、勘定奉行の笠木美濃守《みののかみ》嘉門《かもん》が招かれていた。

主人の牧右衛門は笠木嘉門と懇意にしており、何度か向島の寮に招いているようだった。ひと月前のときに牧右衛門ははじめてお葉を呼んだのだ。

門の前で、いかつい顔の武士の調べを受けて、新吉とお葉は庭園に入った。

入ってすぐに萩や女郎花《おみなえし》、芒《すすき》などが目に飛び込んできた。

秋の草花を目の端に入れながら数寄屋《すきや》造りの建家の勝手口に行くと、『生駒屋』の番頭の茂太《しげた》が迎えた。三十歳ぐらいのきりりとした顔立ちの男だ。

「お葉姐《ねえ》さん、ごくろうさまです」

茂太が声をかけた。

「笠木さまがお見えなのですね」

お葉が確かめる。

「はい。予定より早くこちらにお出《い》でになりました」

昼前までは『生駒屋』の寮にいて、それからここに移動したらしい。

女中がやって来た。『生駒屋』の女中だ。

「姐さん、どうぞ」

お葉は女中といっしょに部屋に上がって行った。

「姐さん、あっしは庭におりますので」

新吉は言い、建家の外に出た。

「新吉さんはここははじめてですか」

茂太も出て来て言う。

「ええ、はじめてです。向島に住みながら来たことはなかったのです。やはり、風情があります」

新吉は感じ入って言う。

「ご案内しましょう。きょうは一日、うちの旦那《だんな》が借り切っていますから」

そう言い、茂太は門の近くの散策路に入った。まるで深山幽谷にいるような心持ちになる。

「うちの旦那は特に風流人とは違うのですが、佐原鞠塢さまとは親しくなさっていまして、牡丹《ぼたん》や躑躅《つつじ》などを寄贈しているんです」

茂太は勝手に説明する。

「鞠塢さまはどちらにお住まいなのですか」

「日本橋に住まいがありますが、長命寺の近くに隠居所があります」

茂太は言ってから、

「新吉さんは元はお侍さんだったとお聞きしましたが、ほんとうなのですか」

と、いきなり話題を変えた。

「昔のことです」

苦い思いを呑《の》み込んで、新吉は言う。

新吉は油木《ゆき》新次郎《しんじろう》といい、ある大名家に仕えていたことがある。だが、それも何年も前のことだ。

「どうして箱屋などに？」

茂太はあわてて、

「よけいなことをきいてしまいました。お許しください」

「いえ。そういう定めだったということでしょう」

新吉はお葉との出会いが運命だったと思っているのだ。

秋の草花を愛《め》でながら、草木にはさまれた小道を行くと、やがて小さな池に出た。

池の真ん中に石橋がある。

池の水が秋の陽射しを照り返し、鯉が泳いでいた。

石橋に近づいたとき、植込みの中にひとの気配がした。

立ちどまって、新吉は植込みに目をこらした。草木が揺れた。

「どうかなさいましたか」

茂太がきいた。

「誰かがいるようです」

そう言ったとき、法被《はっぴ》を着た男が植込みから出てきて会釈をして去って行った。

三十歳ぐらいのがっしりした体つきだった。

「植木職人ですよ」

茂太が答える。

「植木職人？」

「ええ、ここの番人がそんなことを言ってました。でも、変ですね。植木職人は昨日の話だったはずですが」

「昨日？」

「ええ、剪定《せんてい》が残っていたのかもしれません」

「植木職人はここの近くに？」

「そうでしょう」

この一帯は花の栽培をする農家が多く、植木職人もいる。

新吉は何か気になった。植木職人は気配を消していたように思える。去っていく足の動きも武芸を身につけた者のようだ。もっとも、植木職人であっても、武術を嗜《たしな》む者がいてもおかしくはない。

「新吉さん、どうかなさいましたか」

茂太がきいた。

「いえ。なんでもありません」

新吉は答えてから石橋を渡った。

再び、御座敷のほうに戻ってきた。

そのとき、座敷の出入口のほうから人声がした。

「散策されるようですね」

茂太が座敷のほうを気にした。

新吉は端に避《よ》けて待った。

恰幅《かっぷく》のよい四十年配の牧右衛門が同い年ぐらいの武士と共に出てきた。勘定奉行の笠木嘉門だ。その横にお葉がいた。

牧右衛門が先に立ち、笠木嘉門とお葉を案内して、門の近くの散策路に入った。

萩が咲き乱れ、女郎花《おみなえし》、芒《すすき》と秋の七草を愛でながら庭園を散策していく。

新吉はさっきの植木職人が気になっていた。植込みの中に身を隠していたように思えたのだ。

門のそばにある番人小屋に向かった。

「ちょっとお訊《たず》ねします。きょう、ここに植木職人は入っていますか」

年寄りの番人が顔を向け、

「いや、きょうは『生駒屋』さんの貸し切りだ。植木職人も入っちゃいねえ」

門の前から園にかけて警備の者が不審者に目を光らせている。蟻の這《は》い出る隙もないはずだが……。

「どうも」

新吉は挨拶《あいさつ》もそこそこにすぐに走った。一行のあとを追う。やがて、三人の姿が見えてきた。新吉は植込みの中に入り、塀際まで進み、塀沿いを先に進んだ。

気配を消して池の近くまで行くと、やはり樹木の陰に身を潜めている男を見つけた。さっきの男だ。手に匕首《あいくち》が握られていた。

新吉は気配を消して近づく。男は狙いに集中していて新吉にまったく気づいていないようだった。

新吉は男の背後に立つと、いきなり男の口を押さえ、匕首を奪い、腕をとって相手の自由を奪った。男は暴れた。

「静かに。気づかれますよ」

新吉が強く言い、腕をねじあげると男は抵抗を止めた。

すぐ目の前の小道を一行が通って行く。

「誰を狙ったのか、あの武士か。正体を知ってのことか」

新吉は口から手を離して問い質《ただ》す。

「…………」

「おまえさんの名は？」

新吉はきく。

肩幅の広いがっしりした体の男は鋭い目つきで、新吉を睨《にら》んだ。

この男を突き出すべきかどうか迷った。しかし、突き出せば、この男がどうなるかわからない。勘定奉行を狙ったとなればただではすむまい。殺されるかもしれない。

「ここから出て行くのです」

新吉は手を離した。

「せっかくの好機を……」

男は無念そうに吐き捨てた。

「勘定奉行が狙いか」

「…………」

「殺しに成功してもあなたは逃げきれなかったはずです。それとも、最初から死ぬ覚悟だったのですか」

「…………」

「何も喋《しゃべ》らないのですか」

笠木嘉門に続いてお葉が石橋を渡って行った。

一行が行き過ぎてから、

「行きなさい」

新吉は男を残して散策路に出た。そして、石橋を渡った。

一行が数寄屋《すきや》造りの座敷に戻ったあと、さっきの男が門のほうに急ぐのが見えた。

新吉は茂太を探して声をかけた。

「今、さっきの植木職人が門を出て行きました。番人にききましたが、今日は植木職人は入っていないということです」

「………」

「植込みの中にこれが」

新吉は匕首を見せた。

「なんですか、これ」

「笠木さまか『生駒屋』の旦那《だんな》のいずれかを襲おうとしていたに違いありません」

ふたりを同時にということも考えられるが……。

「新吉さん、このことは内密に」

茂太は声を潜めた。

「わかっています。しかし、誰かの命を狙っている者がいるのは間違いありません」

「こっちで対処します。それを」

「わかりました」

新吉は匕首を茂太に渡した。

手《て》拭《ぬぐ》いを取り出し、茂太は匕首をくるんだ。

それから四《し》半刻《はんとき》（三十分）後、笠木嘉門と牧右衛門は引き上げた。

門の前で、一行を見送ったあと、新吉はお葉にきいた。

「ふたりはどんな様子でしたか」

「お奉行さまも旦那もとても上機嫌でした。半月後に、またお奉行さまがやってくるそうです」

「呼ばれたのですか」

「ええ」

「ここですか」

「いえ。今度は『生駒屋』の寮です」

「寮ですか」

「新さん、何かあったの？」

お葉が訝《いぶか》ってきいた。

「帰ってからお話しいたします」

新吉は言い、お葉とともに帰路についた。

二

新吉とお葉は新梅屋敷から秋葉《あきば》神社参道の近くにある芸者屋『桔梗家』に戻った。

その頃には部屋に西陽が射していた。

格子戸を開けて狭い土間に入ると御神灯が吊《つ》るしてある。

「姐《ねえ》さん、戻りました」

新吉は奥に声をかける。

「姐さん、お帰りなさい」

仕込みっ子のお琴《こと》が迎えに出た。十五歳だが、近頃妙に大人びてきた。本人は意識していないのだろうが、新吉をみる目にも色気が滲《にじ》んでいる。

茶の間に行くと、女将《おかみ》のお波《なみ》が長火鉢の前で煙草をくゆらせていた。四十過ぎだが、元数寄屋町《すきやちょう》の芸者で、浅草田原町《あさくさたわらまち》にある商家の旦那に落籍《ひか》されて、この家に住んでいた。その旦那が亡くなったあと、料理屋の『大村家《おおむらや》』の主人から向島でも若い芸者を育てたいという頼みを受けて芸者屋の看板を上げたのだ。

「ごくろうさん」

お波がお葉をねぎらった。お葉は隣の部屋で帯を解いている。

「また、夜もあるのよ」

お波が声をかける。

「ええ、でも少し楽になりたいから」

お琴の手を借りて、お葉は浴衣《ゆかた》姿になってやってきた。

「新さん。さあ、話して」

お葉が真顔になった。

「何かあったのかえ」

お波がお葉と新吉の顔を交互に見た。

「じつは新梅屋敷で……」

新吉は植木職人に化けて乗りこんでいた刺客の話をした。

「まあ」

聞き終え、お葉は厳しい顔になって、

「笠木さまを狙ってのこと？」

と、きいた。

笠木さまは『生駒屋』の寮に来たときしかありません。新梅屋敷なら狙い易いはずです」

「そのことを旦那に知らせたのかえ」

お波がきいた。

「奉公人の茂太さんにお話をしました」

「新さん、どうして見逃してしまったのさ」

お葉が眉根《まゆね》を寄せてきいた。

「突き出せば、あの男は笠木さまの家来衆に殺されるかもしれないと思ったのです。たったひとりで勘定奉行に立ち向かっていこうとしたのは深い事情があるかもしれません。それを聞かないままに突き出すわけにはいかなかったんです」

「そうね」

「でも、それは言い訳で、ほんとうはよけいなことに関わるのがいやだったんです。そんな暇もありませんし」

新吉は正直に言う。

「そうね」

お波は呟《つぶや》いた。

「ただ……」

新吉は迷いながら、

「あの男は諦《あきら》めていないでしょう。また笠木さまを襲うのではないかと。今度、笠木さまが『生駒屋』の寮に来るとき……」

「半月後……」

お葉が呟く。

「しかし、新梅屋敷なら油断をついてひとりで暗殺出来たかもしれませんが、今度はそうもいきません。笠木さまは警戒し、警護の侍の数も増やすに違いありません」

「じゃあ、ひとりでは無理ね」

お波が顔をしかめて言う。

「ええ、仲間を集め、強引に寮に踏み込むか……」

「旦那に注意をしておいたほうがいいわね」

「奉公人の茂太さんにはお話をしておきましたが、あっしからも改めてお知らせしておきます」

『生駒屋』の寮にはまたお葉が呼ばれる。襲撃の巻き添えを食わないように、新吉はお葉を守らねばならないのだ。

それからしばらくして、

「姐さん、そろそろ」

と、新吉はお葉に声をかけた。

「はい」

お葉は素直に立ち上がった。

隣の部屋にはさっき脱いだ座敷着がそのままにしてあった。

お葉はされるがままにただ立っていて、着付けをしやすいように両手を上げたり、体の向きを変えたりするだけだ。

最後に帯をしっかりと締めつけた。

外はようやく暗くなっていた。

『桔梗家』を出てすぐ、新吉はあとをつけられていることに気づいた。さりげなく振り返って様子を窺《うかが》うと、黒い影がついてくる。

新吉とお葉は鯉料理で有名な料理屋『大村家』の勝手口から入った。女中頭に三味線の箱を預け、新吉は『大村家』を出た。

前方に黒い影が立っていた。肩幅が広いことがわかる。新吉が近づくと、黒い影は土手のほうに向かった。男は途中で立ち止まり、振り返った。そして、また先に進んだ。

新吉を誘っているようだった。新吉はその誘いに乗ってあとを追った。

黒い影は三囲《みめぐり》稲荷社の鳥居をくぐった。新吉も続く。

新吉は辺りを見回す。社殿のほうにはいない。新吉は七福神の恵比須《えびす》・大黒天が祀《まつ》ってある祠《ほこら》の背後の暗がりに目をつけた。

そこに向かうと、祠のうしろから黒い影が現われた。

「やはり、さっきの……」

新梅屋敷の植込みに潜んでいた男だ。

「邪魔された礼を言いにきた」

男は口にした。

「笠木嘉門さまを狙ったのですね」

「そうだ」

「あのとき、仮に襲いかかって目的を果たせたとしても、あなたはあの場から逃れることは出来なかった。警護の侍に斬られていたでしょう」

「覚悟の上だ」

「なぜ、そこまでして笠木嘉門さまを？」

「そなたには関わりない」

「たったひとりで笠木さまを討つなど無理です。今日のことでますます警戒を強める。いや、もう用心して『生駒屋』の寮には来ないかもしれない」

「いや、来る。笠木嘉門は好色だ。芸者のお葉に執心だ。だから、半月後には必ずやってくる。またおまえに邪魔をされたくない」

そのとき、祠の裏にひとの気配がした。

「仲間ですか」

「そうだ。我らの邪魔をしないと約束すればこのまま見逃す。さもなければ、ここで死んでもらう」

祠の裏から覆面をした侍が出てきた。

「脅しには屈しません。それより、わけを聞かせてください。勘定奉行を討とうなどという大胆な……」

覆面の侍はつっと近付き、いきなり抜き打ちに斬りつけた。素早く、新吉は飛び退いて避けた。続けざまの攻撃も、新吉は右に左にと身をかわした。

「おのれ」

覆面の侍は八相《はっそう》に構え、強引に迫ってきた。新吉は無手で対峙《たいじ》をする。

間合が詰まったとき、背後で悲鳴が上がった。夜参りにやってきた女だ。

覆面の侍は刀を引いた。

「引き上げる」

覆面の侍が踵《きびす》を返し、裏口に向かった。男もいっしょに逃げた。

新吉は相手が本気で笠木嘉門を狙っているとわかった。

翌日の朝、新吉の家の戸を叩《たた》く者があった。

「どうぞ」

新吉は部屋から声をかける。

戸が開いて、男が顔を出した。三十歳ぐらいのきりりとした顔立ち。『生駒屋』の奉公人の茂太だった。

「朝早くからすみません」

茂太は土間に入ってきた。

新吉は上がり框《がまち》まで出て、

「いえ」

と、相手が口を開くのを待った。

「昨日のことを旦那《だんな》にお話ししたところ、ぜひ新吉さんにお目にかかりたいとのことです。よろしければ寮まで御足労願えませんか」

「わかりました。いつお伺いすれば」

「旦那は今日の昼前に大伝馬町の店のほうにお帰りになります。その前に」

「では、これからお伺いいたしましょう」

新吉は着替えてから土間に下りた。

「昨日、笠木さまがお帰りになったあとに話したところ、旦那は大層驚かれまして」

茂太が道々言う。

「笠木さまが狙われるわけを旦那もわからないのですね」

「いえ」

「何か心当たりが？」

「思い当たることがあるようです。それで、新吉さんから話をお聞きしたいようです」

長命寺の裏手の道からやがて木立の中にある『生駒屋』の寮にやってきた。

広々とした庭が見渡せる座敷で、新吉は牧右衛門と向かい合った。

「新吉さん、すまなかったね」

牧右衛門が口を開く。

「いえ」

「さっそくだが」

牧右衛門の表情が険しくなった。

「昨日、怪しい男が植込みの中に潜んでいたらしいね」

「はい。ちょうど石橋の近くです。匕首《あいくち》を構えて待ち伏せていました」

「どんな男だ？」

「二十七、八の肩幅の広い男です。鋭い目つきをしていました」

「侍か」

「…………」

「いえ。でも、武術には長《た》けているようでした」

「何か心当たりが？」

「それだけではなんとも言えぬが……」

昨夜の三囲稲荷社のことを口にするか迷った。

あの男は新梅屋敷で笠木嘉門を狙った。殺しに成功しても自身が逃げることは不可能だったろう。警護の侍がすぐに駆けつける。

新吉が気にしたのは、死を賭《と》しての襲撃だったことだ。

「狙いは笠木さまに間違いないのか」

牧右衛門がきいた。

「旦那はご自分が狙われる心当たりがおありで？」

「商売を手広くやっていれば、他人を傷つけていることもないとは言えぬ。具体的には思い浮かばぬが」

「旦那を狙うなら他にも機会はあろうかと思います。新梅屋敷での襲撃は笠木さまが狙いとみていいでしょう」

「そうか」

「笠木さまが襲われるわけを、旦那はご存じなのではありませんか」

新吉は問いつめるようにきいた。

「あのお方もいろいろ噂されている」

「どんな噂でしょうか」

「いや……」

牧右衛門は顔をしかめた。

答えようとしなかったので、

「半月後にまた笠木さまをお招きするそうですね」

と、新吉はきいた。

「うむ」

「そのとき、再び笠木さまを狙うに違いありません」

「………」

「笠木さまのお招きを中止すべきかと思いますが」

「それは難しい」

牧右衛門は首を横に振った。

「なぜでございますか」

「半月後に来ると仰《おっしゃ》ったのは笠木さまなのだ。笠木さまは、お葉をすっかりお気に召してな」

「狙われていることをお伝えしてお取り止めを」

「そのようなことで取り止めるお方ではない。腕に覚えのある警護の侍が揃っている。襲撃は意に介すまい。ご本人が来たいと言うものをだめだということは出来ぬ。笠木さまはお葉目当てだ」

「では、襲撃があるかもしれないことをお話しして……」

「そうよな。そのことはお伝えするが」

牧右衛門は腕組みをした。

が、すぐ解き、

「じつは、笠木さまの件でひとつだけ気になっていることがある」

「なんでしょうか」

「二年前の芝増上寺《しばぞうじょうじ》の修繕工事に絡む作事奉行と材木問屋『蓬莱屋《ほうらいや》』の不正をきっかけに、三年前の嵐で決壊した堤防の修復工事での勘定奉行勝手方と『蓬莱屋』の不正までが明らかになった。勘定奉行勝手方では勘定組頭《くみがしら》の幡多《はた》忠兵衛《ちゅうべえ》と内村源之《うちむらげんの》助《すけ》のふたりが処罰された。ちょうど一年前のことだ」

「…………」

新吉は黙って頷《うなず》きながら聞いた。

「この事件、知っていたか」

「はい。いささか」

新吉は曖昧《あいまい》に答えた。

幡多忠兵衛の弟忠次郎《ちゅうじろう》とはある因縁があったが、すでにふたりとも亡く、過去のことになっていたとはいえ、今またその名を聞いて戸惑った。

「そのときの勘定奉行は笠木さまだ。笠木さまに不正の関与の証《あかし》はなく、お咎《とが》めはなかった。すべて、配下の幡多忠兵衛と内村源之助のふたりの勘定組頭が首謀したということになってけりがついた」

「…………」

「ところが、幡多忠兵衛どのは罪を認め、自刃して果てたが、内村源之助どのは最後まで身の潔白を訴えていたという」

「どうだったのでしょうか」

「わからないが、内村源之助どのは自分に罪を着せた笠木さまを恨んで死んでいったという噂だ」

牧右衛門は眉根《まゆね》を寄せ、

「内村どのは頑固一徹なお方だが、やさしい人柄で奉公人に慕われていたそうだ。誰もが、内村どのが不正に手を染めることはないと訴えたそうだが、その声は届かなかった」

「旦那はなぜ、そのことを？」

「材木問屋の『奈良屋《ならや》』の主人から聞いた」

「『奈良屋』さんとは？」

「私の家内と『奈良屋』の内儀は姉妹だ」

「なるほど、そういうわけでしたか」

それで合点《がてん》した。木綿問屋の『生駒屋』がどういう狙いから勘定奉行の接待をしているのかがわからなかった。『奈良屋』のためなのかもしれない。

「そんなことはどうでもいい」

新吉が何を考えているのか察したように、牧右衛門はぴしゃりと言う。

「へえ、すみません」

新吉は頭を下げてから、

「ようするに、内村源之助さまの家来が主人の仇《かたき》を討とうとしていると……」

と、確かめた。

「いや、そうと決め付けているわけではない。ただ、笠木さまの命を狙う者がいたということで、今の話を思いだしただけだ」

「そうですか」

「それとなく笠木さまには用心をするように申し伝えておくが、半月後の訪問は予定どおりだ。お葉にもそのつもりでいるようにと」

「わかりました」

新吉は寮を辞去した。

いったん家に帰り、着替えてから新吉は『桔梗家』に行った。

格子戸に手をかけると、三味線の音が聞えてきた。お葉が稽古《けいこ》をしているようだ。戸を開け、土間に入る。

「失礼します」

部屋に上がり、茶の間に行くと、お波がお琴に三味線の稽古をつけていた。新吉は敷居の手前で腰を下ろした。

お琴が弾き、お波が唄《うた》う。『京鹿子娘道成寺《きょうがのこむすめどうじょうじ》』だ。

　恋の分里《わけざと》武士も道具を伏編笠《ふせあみがさ》で
張と意気地の吉原……。

江戸《えど》の吉原《よしわら》から京の島原《しまばら》、撞木町《しゅもくまち》、浪花《なにわ》四筋《よすじ》、長門《ながと》の下関《しものせき》、最後は長崎の丸山《まるやま》と名の知れた色里が唄われていく。

向島に来てから、唄や三味線、さらに踊りと身近に接する機会が増え、新吉の耳も肥えてきた。

お琴の撥捌《ばちさば》きも見事だ。糸の音が止んでも、まだ余韻で頭の中に三味の音がしていた。

「新さん、ごめんなさい、どうぞ」

お琴が三味線を持って腰を上げた。

「いえ、あっしはここで」

「いいんですよ、さあ」

「それにしても、お琴さんは上達しましたね」

新吉は驚いたように言う。

「そうでしょう。お琴はたいしたものだよ」

お波が目尻《めじり》を下げて言う。

「まだまだ、お葉姐《ねえ》さんのようにはいきません」

お琴は三味線を片づけた。

新吉はお琴がお葉の名を出したことにはっとした。まだまだですだけでいい。なぜ、お葉と比べるのか。お葉を競い合いの相手と見ているのではないか。

また、漠然とした不安を持った。

お琴が茶の間を出て行ったあと、

「新さん、どうかしたのかえ」

と、お波がきいた。

「いえ、なんでもありません」

「お琴のことを気にしているんだね」

「ええ。ずいぶん成長が早いものだと思って」

新吉は呟《つぶや》くように言う。

「そうだね、もう一人前かもしれないね」

「姐さん、お琴さんは御座敷に出ることが出来るのですかえ」

そもそも向島は盛りを過ぎた葉桜芸者が売りだったが、若い芸者がひとりだけ認められた。

もともとは「潮来出島《いたこでじま》の真菰《まこも》の中に、菖蒲《あやめ》咲くとはしおらしや」という潮来節から来ている。

つまり、盛りを過ぎた芸者の中に、たったひとりだけ若く美しい芸者を置く。大勢ではいけない、たったひとりでいい。こうして料理屋『大村家』の旦那《だんな》の肝煎《きもい》りで、数寄屋町芸者だったお波が芸者お葉を誕生させたのだ。

単に芸者といえば、吉原の芸者を指し、厳密にいえば他の土地の芸者は酌婦でしかない。芸者と呼べるのは吉原だけなのだ。公儀公認の吉原は他の土地より娼妓《しょうぎ》や芸者は格上である。

だから、他の土地の芸者には座敷着、簪《かんざし》、笄《こうがい》などに制約があり、吉原の真似は出来ない。三味線を入れる長箱も吉原だけが許される。

他の土地の芸者は二つ折りの三味線を風呂敷《ふろしき》に包んで運ぶのだ。

だが、向島の一輪の菖蒲、つまりお葉だけは吉原芸者と同じ真似が出来るのだ。

これは、お波が引き受けるに当たり、「吉原の芸者と同じに動けるなら」と『大村家』の旦那に条件をつけたからだ。

『大村家』の旦那は吉原の遊廓《ゆうかく》の次男坊だった。その旦那が吉原に掛け合い、認めさせたというわけだ。ただし、吉原芸者と同じく立ち振る舞える芸者はひとりだけということになった。

つまり、お琴が仮に向島で芸者として出ることが出来たとしても、お葉と同じようにはいかないのだ。

なんとなく気重になっていると、髪結いといっしょに二階からお葉が下りてきた。

「姐さん、失礼します」

髪結いがお波に挨拶《あいさつ》をして帰って行った。

「新さん、お願い」

お葉が声をかけた。

「へい」

座敷着を着付けるために新吉は気持ちを切り換えて立ち上がった。

三

木漏れ陽が掘り起こされた土を照らしていた。

橋場《はしば》の真崎稲荷《まさきいなり》の裏の草むらから菰《こも》に包まれた男の死体が発見された。土中に埋められていたのだ。野犬が掘り起こしたようだ。

死体の発見を聞きつけて、集まった野次馬を、奉行所の小者《こもの》たちが遠ざけている。

だが、下手人が様子を見に来ている可能性もあり、扇太郎《せんたろう》は野次馬の様子に目を配った。真崎稲荷の参拝客らしい男女の姿もあった。

南町《みなみまち》奉行定町廻《じょうまちまわ》り同心梶井《かじい》扇太郎は白骨化した死体を見て顔をしかめた。

「殺されてだいぶ経っているな」

「ひと月以上でしょうか」

岡っ引きの伝八《でんぱち》も顔をしかめた。

「土に埋められていたから真夏でも腐敗はそれほどでもなかったのだろう。一カ月ぐらいかもしれぬ。野犬が掘り起こさなかったら、まだ見つからなかったろう」

稲荷の裏手で、たとえ近くを通ってもこの草むらまではひとはほとんどやってこない場所だ。

「顔もよくわからぬが、三十前後のようだ。背は高い」

「財布も煙草入れもありません。着物の柄も草履も特に変わったものではありません。これじゃ身許《みもと》もわかりませんね」

伝八はため息をつく。

「何か体に特徴はないか」

そう言い、扇太郎は亡骸《なきがら》を検《あらた》めた。

「彫物もないようですね」

「おや、これは？」

扇太郎はホトケの右肩を見た。肌が引きつっているようだ。

「火傷《やけど》の跡でしょうか」

「そうだ。火傷跡だ。かなり古いものだ」

「身許を特定する手掛かりになりそうですね」

「三十前後、長身で右肩に火傷跡。行方知れずの届けに照らし合わせれば何か引っ掛かるだろう」

まずは身許を割り出さなければならない。ひと月もいなくなっていたら、周囲の者は騒いでいるはずだ。

予想に反してあっけなく翌日に身許がわかった。下谷車坂町《したやくるまざかちょう》の幸兵衛《こうべえ》店《だな》に住む小間物屋の冬吉《ふゆきち》という男だった。

女房のおよしから探索願いが出ていた。奉行所に運んだ亡骸を見せたところ、およしは冬吉だと認めた。ひと月前から行方不明になっていたという。

「理由は？」

扇太郎はおよしにきいた。

「わかりません。うちのひとが帰ってこなかった次の日に、『多幸屋《たこうや》』のひとが訪ねてきました」

「『多幸屋』？」

「田原町にある口入れ屋です。前の日、うちのひとは『多幸屋』の庭から入ってお内儀《かみ》さんに簪と櫛《くし》を見せていたそうです。うちのひとが帰ったあと、茶の間の文箱《ふばこ》から五十両がなくなっていたのに気づいたと」

「冬吉が盗んだと？」

「はい、うちのひとしか考えられないと」

「確かな証《あかし》があったわけではないのだな」

「はい」

「そなたは、その話をほんとうだと思ったのか」

「……」

「どうなんだ？」

「じつはうちのひとに借金が……」

「借金があったのか」

「はい。あのひとは手慰みをするので」

「博打《ばくち》で借金を負っていたのだな」

「そのようで、金貸しの取り立ての男が、うちのひとがいなくなる数日前からここに現われていました」

およしは暗い顔をした。

博打で負った借金の返済のために、『多幸屋』から金を盗《と》ったのか。だが、『多幸屋』から被害の届けは出ていない。

「冬吉が行方知れずになったあとも『多幸屋』の者がやってきていたのか」

「はい。うちのひとが私に連絡をしてくると思って見張っていたようです。まさか、殺されていたなんて」

およしは泣きだしそうな声になった。

扇太郎と伝八は田原町の『多幸屋』に顔を出した。

土間に入ると、帳場格子の中から番頭ふうの男が立ち上がった。三十半ばぐらいの額の広い男だ。

「これは旦那《だんな》に親分さん」

番頭は如才なく言う。

「小間物屋の冬吉のことでききたい」

扇太郎が切りだす。

「はい。まさか、殺されていたなんて」

番頭は顔をしかめた。

「冬吉が金を盗んだというのはほんとうか」

「いえ、それは……」

番頭は返答に詰まっている。

「どうなんだ？」

「少々お待ちを」

番頭は長暖簾《のれん》を掻《か》き分け、奥に行った。

すぐに番頭と共に、四十前後の鼻の大きな男が出てきた。

「亭主の佐太郎《さたろう》にございます」

腰を下ろして、佐太郎が挨拶《あいさつ》をしてから、

「小間物屋の冬吉のことだそうで」

と、きいた。

「そうだ。橋場の真崎稲荷の裏で死体で見つかった」

「…………」

「ひと月前、ここの奉公人が冬吉を捜していたそうだな。冬吉が金を盗んだということだったが」

「ええ」

「盗まれたのはほんとうなのか」

「はい」

「奉行所にその訴えがあったという記録はない。なぜ、訴えなかったのだ」

「罪を問うには忍びないと思いまして」

佐太郎は微《かす》かに眉根《まゆね》を寄せて言う。

「しかし、五十両というと大金ではないか。それとも取り返したのか」

「いえ。じつは五十両ではなかったのです」

「五十両ではない？」

「はい。一両でした」

「しかし、ここの若い者は冬吉のかみさんに五十両を盗んだと言っているではないか」

「大仰に言ったのです」

佐太郎はあっさり言う。

「嘘だったと？」

「はい」

「追手の男が嘘をついたのか。それとも、そなたがわざと五十両を盗まれたと追手に告げたのか」

「私がわざとそう言いました」

「すると、追手の者は冬吉が五十両を盗んだと思い込んでいたのだな」

「まあ」

「その追手の名は？」

「初蔵《はつぞう》、柿助《かきすけ》、八郎《はちろう》の三人です」

「そうか。その三人を呼んでもらおう」

「三人に何を？」

佐太郎は表情を強張《こわば》らせた。

「三人は冬吉が五十両を盗んだと思い込んでいたのだ。怒りは凄《すさ》まじかったろう」

「まさか、三人が冬吉を殺したと？」

佐太郎が憤然とし、

「そんなことはしていません」

「それを確かめる。まさか、すでに店を辞めたと言うのではないだろうな」

「おります」

「では、呼んでもらおう」

「わかりました。番頭さん」

佐太郎は声をかけた。

「はい」

番頭は奥に向かった。

「三人には、ほんとうは一両だからもういいと、あとで伝えました。だから、すぐ捜すのをやめています」

「それを聞く前に、三人は冬吉を見つけてとっちめたとも考えられる」

「そんな話は聞いておりません」

「ともかく、三人から事情を聞く」

扇太郎は強い口調になった。

三人がやってきた。

「初蔵、柿助、八郎です」

佐太郎が引き合わせた。

「小間物屋の冬吉の死体が見つかった。ひと月前に殺され、土の中に埋められていた」

「あっしらは知りません」

顔の長い初蔵が激しい口調で言う。

「冬吉が殺されたのは、おまえたちが冬吉を捜して長屋に行った時期と重なる」

「それは偶然ですぜ。あっしらは冬吉を見つけられなかったんですから」

そう言ったのは、太い眉《まゆ》をした柿助だ。

「おまえも否定するのか」

扇太郎は小肥《こぶと》りの八郎に顔を向けた。

「もちろんです。あっしらは冬吉に逃げられたんです」

「そうか」

扇太郎は三人の顔を交互に見た。当然、素直に喋《しゃべ》るはずはない。

「冬吉は誰に殺されたと思うね」

伝八が口を出した。

「博打で借金があったっていうから、そっちのほうじゃないですか」

柿助が答える。

「どこの賭場《とば》に出入りをしていたか、知っているか」

「いえ、あいつは小間物屋ですからね。あっしらは話をしたこともありませんから」

「その後、冬吉の行方を捜さなかったのか」

「手掛かりはありませんでしたから」

「冬吉が親しくしていた者たちには？」

「かみさんから聞いた仲間を訪ねました」

「誰だ？」

「同じ小間物の行商人で、孝助《こうすけ》という男です」

「住まいは？」

「浅草《あさくさ》阿部《あべ》川町《かわちょう》でした」

「その仲間も冬吉の行方を知らなかったのだな」

「知りませんでした」

「よし、わかった」

扇太郎は頷《うなず》き、引き上げようとした。

「あっ、旦那《だんな》」

八郎が思いだしたように声をかけた。

「何か」

「孝助という男、ちょっと苦み走ったいい男ですぜ」

八郎はにやついた。

「それがどうした？」

「あのかみさん、孝助と出来ていても不思議じゃねえなって思いましたぜ」

「どうしてそう思うんだ？」

伝八が問いつめるようにきく。

「親分さんも、孝助に会ってみればわかりますよ」

「よし、そうしよう」

伝八が応じる。

扇太郎と伝八は『多幸屋』を出た。

「五十両の件、ほんとうでしょうか」

伝八が腑《ふ》に落ちないようにきいた。

「佐太郎は何か隠しているようだ。盗られたのが一両だったのに初蔵たちには五十両を盗まれたといって冬吉を捜させるのも妙だ。ほんとうに五十両を盗まれたが、奉行所に届けられない何らかの事情があったとも考えられる」

「一両だって大金ですからね。普通なら届けるんじゃないでしょうか」

「少し佐太郎の周辺を調べたほうがいいな。それより、八郎の言葉が気になる」

「へえ、同業の孝助のことですね」

「およしは孝助のことを口にしなかった。こっちがきかなかったからか、それとも……」

扇太郎と伝八は東本願寺《ひがしほんがんじ》の前を通り、菊屋橋《きくやばし》を渡って左に折れ、新堀川《しんぼりがわ》に沿って進んだ。

「まだ、孝助は帰っていないでしょうね」

「そうだな。孝助に会う前におよしから話を聞いてみよう」

ふたりは途中で引き返し、稲荷町《いなりちょう》の通りに出て下谷に向かった。

「気持ちのいい秋晴れだ」

扇太郎が空を見上げて言う。

「歩きまわっても汗まみれにならずに済むので楽ですぜ」

汗っかきの伝八がつくづく言う。

車坂町幸兵衛店の木戸を入った。

冬吉の家の前に立ち、伝八が腰高障子を開ける。

およしは部屋で仕立物を縫っていた。

「これは梶井さまに親分さん」

針山に針を戻し、およしは立ち上がってきた。

「手を休ませてしまってすまねえな」

伝八が詫《わ》びるように言う。

「いえ」

およしは上がり框《がまち》の手前に腰を下ろした。

「何かわかったのでしょうか」

およしが不安そうにきく。

「いや、そうじゃねえ。ちょっと同業の孝助という男のことでききたい」

伝八が言うと、およしの表情が変わった。

「冬吉は孝助と親しいのか」

「はい、仲のよい友達です」

「じゃあ、孝助は冬吉から何か聞いているかもしれねえな」

「いえ、何も聞いていません」

「どうしてわかるんだ？」

「うちのひとがいなくなってから、孝助さんにいろいろ相談に乗ってもらっているのです。孝助さんも心配してくれて」

「そうか。で、孝助はなんて言っているんだ？」

「何も心当たりはないようです」

「孝助はここにも来るのか」

「はい、ときたま様子を見に来てくれます」

「おまえさんが孝助のところに行くこともあるのか」

「はい」

「およし」

扇太郎が口を入れた。

「冬吉が死んで、これからどうするのだ？」

「まだ、何も……」

「孝助は独り身か」

「は、はい」

扇太郎はおよしの表情の変化を見逃さなかった。

「冬吉がどこの賭場に行っていたか知らないか」

「いえ。教えてくれませんでした」

「博打《ばくち》をしていたのは間違いないのか」

「はい。夜遅く帰ってくることがかなりありました。きいたら、博打だと」

「冬吉が自分から博打だと言ったのか」

「はい。はじめは女かと思い、確かめたのです。そしたら、博打だと答えました」

　孝助との関係を深く問い質《ただ》したいが、確たる証《あかし》がないので、とぼけられたらそれ以上は責められない。

　ふたりは引き上げた。


　辺りが暗くなってから、阿部川町の孝助の長屋にやって来た。

　ちょうど、木戸を入って行く荷を背負った男がいた。一番奥の家の前に立ってこっちに顔を向けた。

　伝八が声をかける。

「孝助か」

「はい」

孝助は会釈をした。

「冬吉のことで聞きたい」

「どうぞ」

孝助は戸を開け、土間に入った。扇太郎と伝八も続く。

孝助は部屋に上がり、行灯《あんどん》を灯《とも》した。

淡い明かりに映し出された顔は目鼻だちが整っていた。なるほど渋い感じの男だ。

「冬吉とは仲がよかったそうだな」

伝八がきいた。

「はい。同じ小間物問屋から品物を仕入れており、いつも顔を合わせるので親しくなりました」

「ひと月ほど前、冬吉は急に行方を晦《くら》ました。何があったのか知らなかったのか」

「はい、知りません。朝、問屋に顔を出さなかったので、どうかしたのかと心配していたら、次の日の夜に、冬吉を捜して男が三人やって来たんです。それで、はじめて冬吉がいなくなったことを知りました」

「あとから振り返っても何もないのか」

「ありません」

孝助は俯《うつむ》いて言う。

「冬吉は手慰みをしていたようだ。どこの賭場《とば》に通っていたか知らないか」

「いえ、知りません」

「おまえさんはやらないのか」

「やりません」

孝助はきっぱり言う。

「冬吉は借金があったようだが？」

「ええ」

「なんで借金があったのだ？」

「博打だと思います」

「冬吉からそのことを聞いたことはないのか」

「聞いても話をはぐらかすばかりで」

「冬吉の得意先はどうしているのだ？」

扇太郎が脇から口を出した。

「得意先ですか」

孝助は用心深そうに扇太郎に顔を向けた。

「そうだ」

「あっしがまわっています。全部というわけではありませんが」

「全部というわけではないというのは、上得意だけということか」

「まあ……」

「冬吉の得意先を知っていたのか」

「ええ、そういう話はしましたので」

孝助は俯いて言う。目を逸《そ》らしたような気がした。

「冬吉のかみさんのおよしを知っているな」

扇太郎は鋭くきいた。

「はい」

「冬吉がいなくなってから、およしに会っているのか」

「様子を見に、顔を出しています」

「およしの様子はどうだったのだ？」

「だいぶ憔悴《しょうすい》しているようでした」

「しかし、俺には元気そうに見えたが、そなたが励ましていたからか」

「さあ……」

「そなたはおよしをどう見ているのだ？」

扇太郎は孝助の顔を窺《うかが》う。

「どうと仰《おつしや》ると？」

「単なる友達のかみさんか、それともそれ以上の気持ちがあったのか」

「……」

「どうなんだ？」

「わかりません」

「冬吉とおよしはうまくいっていたのか」

「……」

また、孝助は返事に窮している。

「うまくいっていなかったのか」

「そんなことはありません」

「冬吉には女はいなかったか」

「いません」

孝助は声を高めて言った。何か不自然な言い方だ。

「そうか。わかった」

扇太郎は伝八に顔を向けた。

再び、伝八が問いかけた。

「冬吉が誰に殺されたか、想像はつかないか」

「まったく見当もつきません」

即座に答えが返ってきた。

それ以上きくこともなく、話を切り上げた。

長屋を出てから、扇太郎は胸のもやもやが激しくなった。『多幸屋』の佐太郎にしても孝助にしても、またおよしにしても、何か口にしていないことがあるような気がしてならない。

「あとは冬吉が通っていた賭場ですね」

伝八が言う。

「どいつもこいつも疑おうと思えば疑える」

扇太郎は腹立たしく吐き捨てた。殺されてひと月も経過していることが探索の妨げになっていた。

四

その夜、新吉はお葉を出先の料理屋『大村家』に迎えに行った。三味線の長箱を女中頭から受取り、お葉といっしょに『大村家』を出た。

「新さん、三囲稲荷社よ」

「へい、わかっています」

御座敷を終えると、お葉は必ず三囲稲荷社にお参りをする。

三囲稲荷社は芭蕉《ばしょう》の高弟宝井其角《たからいきかく》が詠んだ雨乞《あまご》いの句で有名である。

元禄《げんろく》六年（一六九三）六月、吉原に遊びに行く途中に寄った三囲稲荷社で、小梅《こうめ》村《むら》の村人が雨乞いの祈りをしていた。当時日照りが続いていた。

村人に請われ、其角は「夕立や田をみめぐりの神ならば」という雨乞いの発句を詠んだ。翌日、雨が降ったという。

この話を聞き、京都の三井《みつい》家が江戸に進出したとき、三囲稲荷社を江戸の守護神にしたのだ。商売繁盛の神としてその名も広まった。

社殿の前でお葉が手を合わせている。新吉は恵比須《えびす》・大黒天が祀《まつ》ってある祠《ほこら》に目をやった。

先日の賊のことを思い出した。

勘定奉行の暗殺を企《たくら》んでいるのだ。牧右衛門の話では、勘定勝手方の不正事件に絡んで処罰された勘定組頭内村源之助の家来ではないかということだった。

改めて賊が勘定奉行笠木嘉門を襲う可能性がある。そんな騒ぎに巻き込まれるのは御免と聞き流していたが、新吉は心が休まらなかった。

襲撃するのは、『生駒屋』の寮でだ。笠木嘉門の接待のために、牧右衛門はお葉を呼んでいるのだ。

お葉の前で、惨劇を起こさせたくない。斬り合いに巻き込まれる危険もそうだが、お葉に悲惨な光景を見せたくない。

新吉はその祠の前に立った。今にも再び賊が現われるような気がした。

お葉を守るのは自分の務めだ。少しでも危険があるなら、その原因になるものを排除しなければならない。

「新さん、どうしたの？」

お葉が声をかけた。

「いえ、なんでも」

「七福神の恵比須・大黒天さまね」

「向島に七福神参りを作ったのは佐原鞠塢さまだそうですね」

新吉はきいた。

「そうよ。鞠塢さまは福禄寿《ふくろくじゅ》の像を持っていたんですって。それで、七福神参りを思いついたそうよ。ここにふたつでしょう。あとは弘福寺《こうふくじ》の布袋《ほてい》さま、多聞寺《たもんじ》の毘《び》沙門天《しゃもんてん》、長命寺の弁財天、白鬚《しらひげ》神社の寿老人……」

お葉は説明する。

「最後の寿老人がなかなか見つからなかったと、鞠塢さまが仰っていたわ」

「見つからなかったというのは？」

「寿老人に見立てる神社よ。長寿の寿老人は白い長い髭が特徴なので、白鬚神社に目をつけてようやく七福神が揃ったんですって」

「それがずっと続いているんですね。あのような文化人は我ら凡人には及びもつかないことを考える……」

そこまで言って新吉ははっとした。

「姐《ねえ》さん、鞠塢の旦那《だんな》にこんど引き合わせていただけませんか」

新吉は思いついて言う。

「いいけど、どうしたの？」

「七福神をそれぞれの神社に割り振っていった理由をきいてみたいと思いましてね」

「明日《あした》の昼間、『大村家』に鞠塢さまもいらっしゃるはずよ、札差の『大蔵屋《おおくらや》』の旦那といっしょに」

「あっしのことを話しておいていただければ、後日、お訪ねします」

「わかったわ」

お葉は応じてから、

「ねえ、新さん。新年に七福神参りをすると、家業繁栄の御利益があるそうよ。来年はいっしょに廻《まわ》ってみましょう」

「ええ。お供します」

新吉は言いながら、例の件は鞠塢がなんとかしてくれそうな気がして安心すると同時に、改めて勘定奉行を狙う賊のことを考えて気が重くなった。

翌朝、新吉は木場《きば》に向かった。

材木問屋の『秋田屋《あきたや》』はすぐにわかった。

店先にいた半纏《はんてん》を着た手代ふうの男に、新吉は声をかけた。

「あっしは向島の新吉と申します。大旦那にお目にかかりたいのですが」

「お約束ですかえ」

「いえ、勘定奉行さまの件でお話が」

新吉はわざと意味ありげに言う。

「勘定奉行？」

手代が顔色を変えた。

「少々、お待ちを」

手代は帳場格子の中にいる番頭らしい男のところまで行き、何事か話している。

番頭が立ち上がってやってきた。

「失礼ですが、勘定奉行さまの件とはどのようなことでしょうか」

胡乱《うろん》げに、番頭が新吉の顔を窺《うかが》う。

「先の『蓬莱屋』の事件に絡むことです」

「『蓬莱屋』……。ちょっとお待ちを」

番頭はあわてて奥に向かった。

しばらくして、番頭が戻ってきた。

「どうぞ、こちらから」

土間の端から座敷に上がり、店座敷の隣にある商談用の小部屋に通した。

そこで待っていると、ようやく恰幅《かっぷく》のよい四十半ばと思える男が現われた。

「主人の大五郎《だいごろう》ですが」

向かいに座ると、野太い声で名乗った。

「向島の新吉と申します」

「なるほど、あなたがあのときの？」

「はっ？」

「不正のからくりを見破った男がいると、同心の梶井扇太郎さまから聞きました。あなたがそうですね」

大五郎は目を細めて言う。

「私はたいしたことはしていません」

「いえ、あなたが勘定組頭の幡多忠兵衛の企《たくら》みを見抜かなければ、『蓬莱屋』の主人は口封じのために殺されていたそうではありませんか」

芝増上寺の修繕工事を『秋田屋』が請け負うことになっていたが、作事奉行の木《きの》下主水《したもんど》が『秋田屋』に問題があるとして新興の材木商『蓬莱屋』に変更した。『秋田屋』が過去に材木の調達で不正を働いたとか、納入した材木の数をごまかしたとかの理由だった。

しかし、これは作事奉行が工事を『蓬萊屋』に請け負わせるために仕組んだことだった。多額の金が『蓬萊屋』から作事奉行の木下主水に渡っていたのだ。

しかも、『蓬萊屋』は一昨年《おととし》の嵐で決壊した堤防の修復工事の不正にも絡んでいた。こっちは勘定奉行勝手方の勘定組頭幡多忠兵衛と内村源之助にも賄賂《わいろ》を贈っていたのだ。

芝増上寺の件で『蓬萊屋』が捕まれば、一昨年の堤防の修復工事での不正もあぶり出されるかもしれない。それで幡多忠兵衛が『蓬萊屋』の主人の口を封じようとしたのだ。

「で、あのあと、無事に『秋田屋』さんが芝増上寺の修繕工事を請け負われたのですね」

新吉は確かめた。

「ええ、無事に仕上げました」

「じつはちょっとお伺いしたいことがございまして」

新吉は用件に入った。

「なんでしょう」

「秋田屋さんは勘定奉行の笠木嘉門さまとご面識はございますか」

「勘定奉行とはご挨拶《あいさつ》程度です。なにしろ、お目にかかるだけでも金がいりますので」

「金を積まないと勘定奉行には会えないのですか」

「ええ、その前に勘定組頭さまにご挨拶をしなければなりませんので」

「勘定奉行に会えるよう計らってもらうために勘定組頭に金を積まなければならないということですか」

「まあ、そうです」

大五郎は不快そうに顔を歪《ゆが》めた。

「勘定組頭にはお会いになったのですか」

「会いました」

「幡多忠兵衛さまですか、内村源之助さまですか」

「最初は幡多さまに近付きました。でも、遠回しの賄賂の要求に嫌気が差し、内村さまのほうにご挨拶をしました。内村さまを通じて勘定奉行にお会いすることが出来ましたが、ほんとうに挨拶だけで」

大五郎は苦い顔をして、

「つまり、金を積まなければゆっくりお目にかかることが出来なかったのです。だから、まったく問題にされませんでした」

「そうでしたか」

「内村さまにそのことを話したら、何も言わずに顔をしかめていました」

「内村さまはどのようなお方だったのでしょうか」

「生真面目で融通のきかないお方でした。賄賂次第で相手への対応を変えるお奉行に批判的な感じでした」

「一昨年の堤防の修復工事での不正で幡多さまと内村さまが処罰されましたが、内村さまは不正への関与を否定していたそうですが」

「私もそう思います。内村さまは関わっていないはずです」

「それなのになぜ、処罰されたのでしょうか」

「勘定奉行に批判的だったことが関係しているかもしれませぬ」

「それはひどい話ですね」

「ほんとうはお奉行こそ処罰されるべきなんでしょうが、うまく逃げたと同業の者は噂しています」

大五郎はそう言ったあと、

「それにしても、新吉さんはなぜ、今になってそのことを？」

「いえ。たまたま、笠木さまの駕籠《かご》を向島で見かけたのです。それで、不正事件を思いだして」

「向島に？　また懲りずに誰かの接待を受けているのですか」

「さあ、接待かどうかわかりませんが。それより、その後は笠木さまとの関係はどうなっているのでしょうか」

「さすがに笠木さまは材木商との付き合いを自重しているようです。『蓬萊屋』との結びつきが強くなったことが不正に繋《つな》がってしまいましたからね」

材木商の接待はまずいが、木綿問屋の『生駒屋』からの接待は堂々と受けるということだ。

　笠木嘉門は『生駒屋』と『奈良屋』の関係を当然知っているのだろう。つまり、『奈良屋』から接待を受けているのと同じだ。

「秋田屋さんは木綿問屋『生駒屋』の牧右衛門さまをご存じでいらっしゃいますか」

　新吉はそのことを確かめた。

「ええ。何度か顔を合わせたことはあります。同業の『奈良屋』のお内儀《かみ》さんと

『生駒屋』のお内儀さんは姉妹だそうで」

大五郎はそのことを知っていたが、その『生駒屋』の牧右衛門が勘定奉行を接待していることは知っているのだろうか。

もちろん、そのことを口にするわけにはいかなかったが、新吉はもうこれ以上きくことはないと思い、

「突然、押しかけて申し訳ありませんでした」

と、頭を下げて腰を上げた。

内村源之助の家来のことを調べてみようと、新吉はいつのまにかこの件に首を突っ込んでいた。

五

長屋木戸を風呂敷包《ふろしきづつみ》を抱えたおよしが出て行った。下谷《したや》広小路《ひろこうじ》にある古着屋に仕立物を届けに行くのだ。

およしの姿が遠ざかってから、扇太郎と伝八は木戸を抜けた。

井戸端にいた中年の女に伝八が声をかける。

「ちょっといいかえ」

女は野菜を洗っていた手を休めて顔を上げた。

「これは親分さん」

女は立ち上がった。

「ちょっとききたいんだが、冬吉がひと月前に突然いなくなったな。長屋の者はどう思っていたのだ？」

「最初のうちは気にしていませんでした」

「気にしていない？」

「ええ。朝帰りすることもよくありましたから、二、三日帰って来なくてもなんとも思いませんでした。それに、およしさんも落ち着いていましたから」

「落ち着いていた？」

「そんなに焦っているようには見えませんでした。だから、そのうちに帰ってくるだろうと思っていたんです。さすがに、四、五日してからおかしいと……」

「なんで冬吉は朝帰りをしていたんだ？」

「博打《ばくち》のようです」

「誰がそう言っていたのだ？」

「およしさんです」

「冬吉とおよしの仲はどうだったんだ？」

「ときどき言い合いをしていましたけど」

「言い合い？　どんなことだ？」

「博打のことじゃないですか」

「冬吉の同業の者で、孝助という男がいるが」

「ええ。ときたま訪ねてきていました」

「冬吉を訪ねてきていたのか」

「昼間も見かけることがありましたよ。冬吉さんの留守中に」

女は意味ありげに笑った。

「なんだ？　何かあるのか」

「いえ、なんでもありません。ただ、ふたりは仲がよさそうだったので」

「そうか、仲がよかったのか」

伝八は呟《つぶや》くように言う。

「冬吉は長屋のみんなと仲良くやっていたのか」

扇太郎がきいた。

「ええ、如才なかったですからね」

「冬吉に女がいた形跡はないか」

「さあ、そこまでは」

そこに奥の家から赤子を背負った若い女が出てきた。

中年の女が赤子を背負った女を呼んだ。

赤子をあやしながら、若い女はやってきた。

「また、冬吉さんのことですか」

若い女は扇太郎と伝八の顔を交互に見た。

「おまえさんは冬吉の隣に住んでいるんだったな」

伝八がいきなりきいた。

「はい」

「冬吉とおよしはうまくいっていたようか」

「いえ、そんなにうまくはいっていなかったと思います」

「どうして、そう思うんだ？」

「ときたま夜遅くに、およしさんがお稲荷《いなり》さんのところで泣いているのを見ましたから」

「喧嘩《けんか》か」

「言い合っていました」

「喧嘩の原因は博打か」

「そうだと思いますが……」

「何かほかに理由でも？」

「もしかしたら、孝助ってひとのことじゃないかしら」

「孝助のことが喧嘩の原因だと？」

伝八が食いつくようにきいた。

「壁越しに聞えてくる声に何度か孝助という名が出てきたんです」

「冬吉は孝助のことで嫉妬《しっと》をしていたのか」

「わかりませんけど、私はそう思いました」

「そうですよ」

中年の女が口を入れた。

「私もそんな気がしていたんです。冬吉さんがいなくなってから、孝助さんがやってくることは多くなりましたよ。冬吉さんがいなくなって急に親しくなったというより、前々からおよしさんと孝助さんは親しかったんじゃないですか」

「私もそう思います」

若い女も応じた。

ふたりは亭主たちもおよしと孝助は出来ていると噂していると話した。

「でも、およしさんにとっちゃ、冬吉さんより孝助さんのほうがいいんじゃないかしら」

「そうよね」

ふたりはそのことで盛り上がった。

扇太郎と伝八は顔を見合わせてからふたりに礼を言い、その場を離れた。

長屋木戸を出てから、伝八が興奮して言う。

「旦那《だんな》、およしと孝助が共謀してっていう見方もありえますぜ」

「うむ。だが、死体を埋めるのはひとりで出来るか」

扇太郎は首を傾げた。

「殺しの現場が同じだったら出来るんじゃありませんか」

「そうだな。いや、はじめから穴を掘っておいてそこに誘《おび》き出せばいい」

扇太郎は言ってから、

「ひと月前なのが痛い。だが、ともかく真崎稲荷裏に孝助がいた痕跡《こんせき》を探すのだ。

孝助を見た者、あるいは孝助のものが落ちていなかったか」

「わかりました。手下を使って橋場に聞き込みをかけます」

勇み立つ伝八の声を聞きながら、扇太郎は何か引っ掛かるものを感じていた。

翌日の昼下がり、扇太郎は真崎稲荷裏の死体が見つかった場所に木漏れ陽を受けながら立っていた。

孝助の仕業だとしたら、孝助は事前にここにやって来て穴を掘っていたと考えられる。その穴を草木で隠し、冬吉を誘き出した。どんな理由をつけて、ここまで誘き出したのか。

冬吉が警戒するかもしれない。あるいは、殺したのは別の場所か。そうだとしたら、死体を大八車でここまで運んできたことになる。その場合、孝助ひとりの犯行とは思えない。しかし、孝助にそんな仲間がいるだろうか。

穴は深くないが、ひとが横たわって隠れられるぐらいの広さだ。雑草が生い茂っており、掘るまで一刻《いっとき》（二時間）はかかるだろう。

昼間に掘るとなると、いくら神社の裏手といってもひとの目がある。夜か明け方だ。

「旦那」

伝八がやって来た。

「どうもだめです。孝助らしき男を見たという者にぶち当たりません」

「うむ」

「冬吉らしき男を見た者もいません。夜の間にここまでやって来たのでしょうか」

「夜の間だとすると、ここまで連れ出すことはさらに難しいと思うが……」

「そうですね」

昨日から、伝八が周辺を聞き込みしたが、やはり孝助らしい男を見たものを探し出すことは出来なかった。まだ一日足らずで諦《あきら》めるのは早いが、期待は持てそうにない。

「ここからは証《あかし》を見《み》出《いだ》すことは難しそうだ。こうなれば、およしを揺さぶってみるか」

扇太郎はそう言い、その場を離れた。

今戸《いまど》から花川戸《はなかわど》を過ぎ雷門《かみなりもん》前を通り、稲荷町を経て下谷車坂町にやってきた。

陽が暮れてきた。

幸兵衛店に向かいかけたとき、長屋木戸を出てくるおよしを見た。ふたりはあわてて八百屋の店先に身を隠した。

およしは気づかず、素通りした。手に風呂敷包《ふろしきづつみ》を抱えている。下谷広小路にある古着屋に仕立物を届けに行くところか。

しかし、辺りは薄暗くなっている。届け物をするには遅いような気がする。それとも今日中に届けることになっているのか。

「念のためにつけてみよう」

扇太郎は言い、ふたりはおよしのあとをつけた。

およしは上野《うえの》山下《やました》を過ぎ、三橋《みはし》を渡った。やはり、下谷広小路の古着屋に向かうのかと思ったが、およしは上野《うえの》元黒門町《もとくろもんちょう》のほうに曲がった。

薄暗い中を、およしはしっかりとした足取りで池之端仲町《いけのはたなかちょう》に入った。そして、途中の路地を不忍池《しのばずのいけ》のほうに曲がった。

池の辺《ほとり》に料理屋や出合茶屋の明かりが輝いていた。およしは出合茶屋の門を入って行った。

「旦那、逢瀬《おうせ》ですね。相手は孝助」

「出て来るのを待とう」

そう言い、出合茶屋の門が見通せる場所から様子を窺《うかが》った。

ほどなく、男が出合茶屋の門に向かった。

「孝助です」

伝八が叫ぶ。

「やはり、ふたりは出来ていたか」

だからといって、孝助が冬吉を殺したということにはならない。

「明日《あした》にしよう」

扇太郎は言い、引き上げた。

翌朝、扇太郎と伝八は浅草阿部川町の孝助の長屋を訪ねた。

五つ（午前八時）近くなって、長屋の男たちが仕事に出かけて行く。孝助も出かけるところだった。

木戸を入ったところにいた扇太郎と伝八に気づいて、孝助は足を止めた。

「ちょっとききたいことがある。外に出よう」

扇太郎が促す。

「はあ」

孝助は憂鬱《ゆううつ》そうな顔をしてついてきた。

新堀川の川っぷちで立ちどまり、扇太郎がいきなり口にした。

「昨夜《ゆうべ》、帰りが遅かったようだな」

「えっ」

孝助は落ち着きをなくし、

「ちょっと仕事のことで……」

と、曖昧《あいまい》に答える。

「仕事？」

「へえ、遠くの得意先に行ったものでちょっと」

「そうか、仕事だったのか」

扇太郎は冷笑を浮かべ、

「俺はまた、およしと会っていたのかと思ったが、違うのか」

「いえ」

孝助は首を横に振る。

「およしとは会っているか」

「ときたま」

「主にどこで会うんだ？」

「あっしが長屋に訪ねます。冬吉さんがあんなことになって気落ちしているので……」

「慰めにか」

「はい」

「冬吉が行方を晦《くら》ます前から、ちょくちょくおよしを訪ねていたようではないか」

「冬吉さんに会いに行っていたんです」

「いつも、冬吉がいないときを狙って訪ねていたのではないのか」

「とんでもない」

孝助は血相を変えて言う。

「孝助」

伝八が孝助を睨《にら》み据え、

「おめえ、橋場に得意先はいるのか」

「いえ。あっしの客はいません」

「あっしの客はって言うと、冬吉の客はいたのか」

「いました。そのお客さんもあっしが引き継ぎました」

「いつからだ？」

扇太郎はきいた。

「冬吉が姿を晦ました直後からか、それとも死体が見つかったあとからか」

「…………」

「どうした？」

「姿がわからなくなってしばらくしてからです」

「どうして、冬吉の得意先がわかったんだ？」

「……冬吉さんから聞いていたんです」

答えるまで間があった。

「冬吉が得意先のことを話したのか」

「はい」

「じゃあ、そなたは冬吉が仕事で橋場に行くことを知っていたのだな」

「はい」

孝助は小さく頷《うなず》く。

「橋場のどの辺りだ？」

「橋場の渡し場の先です」

「真崎稲荷の近くか」

「…………」

「どうなんだ？」

「はい」

「真崎稲荷の裏で冬吉の死体が発見されたのだ。俺たちが話をききにいったとき、どうしてその客のことを話さなかったのだ？」

「それは……」

「わけがあって隠していたんじゃないだろうな」

「とんでもない。違います」

孝助はあわてて言う。

「まあいい。客の名は？」

「おとせさんという二十五、六の女のひとです」

「何をしている女だ？」

「囲われ者だと思います」

「旦那《だんな》は誰だ？」

「知りません」

「そなたは以前から冬吉が真崎稲荷近くまで行くことを知っていたのだな」

「はい」

孝助は警戒ぎみに答える。

「今はそなたはそこに顔を出しているのだな」

「はい」

「その他にも冬吉の客はいるのか」

「います」

「それをすべて教えてもらおう」

孝助は話した。今戸、橋場、山谷《さんや》町《まち》などに全部で七軒の得意先があった。

「もうよろしいでしょうか。そろそろ行かないと」

孝助が哀願するように言う。

「ああ、行っていいぜ」

伝八が言うと、軽く頭を下げて、孝助は去って行った。

「ますます、怪しいですぜ」

伝八は去っていく孝助の後ろ姿を見送りながら言う。

扇太郎はやはり孝助で間違いないかもしれないと思いはじめた。

第二章　復　讐

一

辺りは薄暗くなっていた。西空の残照もだんだん薄くなっていった。

『桔梗家』を出て『大村家』に向かう途中で、お葉が新吉に言った。

「新さん。今夜は『大蔵屋』の旦那といっしょに鞠塢さまもお見えのはず。新さんのことを話しておくわ」

「すみません。でも、そんなに急ぎのことではないので」

「わかったわ」

草むらからコオロギの鳴き声が聞える。近づくと虫の音が止み、通りすぎると、また鳴きだした。

だが、また音が止んだ。新吉はさりげなく振り向く。しかし、誰もいなかった。

「新さん、どうしたの？」

「いえ、なんでも」

　新吉はあわてて言い、三味線を持って『大村家』に行った。

『大村家』の門をくぐり、勝手口にまわる。出てきた女中に三味線を預け、お葉に声をかけてから外に出た。

　新吉は迷わず土手のほうに向かい、三囲稲荷社の鳥居をくぐった。恵比須《えびす》・大黒天が祀《まつ》ってある祠《ほこら》の前にいると、やがて肩幅の広いがっしりした体の男がやってきた。先日の賊だ。

「気づいていたのか」

　男は言う。

「あれからすぐに現われるかと思いましたが、なかなか顔を出さなかった。何かあったんですかえ」

　新吉はきいた。

「あんたのことを調べた」

　男は口にし、

「あんたが勘定組頭の幡多忠兵衛の企《たくら》みを見抜いたそうじゃねえか」

と、きいた。

「あなたは何者なんですね」

「…………」

「勘定組頭だった内村源之助さまの家来ですか」

「…………」

「どうなんですね」

「若党をしていた」

男はやっと答えた。

「主人の仇討ちというわけですか」

「不正などしちゃいねえ。逆に、幡多さまをたしなめていたんだ。それなのに、奉行の笠木嘉門は……。もう、一年だ。一周忌までに怨《うら》みを晴らすのだ」

男は口元を歪《ゆが》め、

「だから、手を貸してもらいたい」

と、言い出した。

「手を貸す？」

新吉は呆《あき》れ返り、

「なぜ、そんなことを？」

　と、逆にきいた。

「あんたなら俺の気持ちをわかってくれると思ったのだ。すべての元凶は笠木嘉門だ。笠木嘉門が不正の首謀者だ。それなのに、無関係の部下に罪をなすりつけ、自分だけのうのうとしている。許せねえ」

「だからと言って、笠木さまを闇討ちしてどうなるというのですか。殺しに成功しても、内村さまの名誉が回復出来るとは思いません」

「今さら名誉など関係ない。笠木嘉門が生きていたんじゃ、内村さまは浮かばれない」

「奉行所に訴えて……」

「そんなことをしても無駄だ。まともにとりあってくれるはずがない」

　男は冷笑を浮かべ、

「笠木嘉門には死んでもらうしかない」

「………」

「手を貸すというのが無理なら、邪魔はしないでもらいたい。笠木嘉門はもはやいること自体が悪だ」

「『生駒屋』の寮で襲うつもりですか。警戒は厳しいはずです。無茶です」

「そこでしか機会はない」

「仮にうまくいったとしても、あなたも無事ではいられない」

「覚悟の上だと言っている。いいか、邪魔はするな」

「この前の侍は誰ですか」

「内村さまに恩を受けたお方だ。手を貸してくれる」

「どなたかに奉公しているなら」

「浪人だ。心配いらない。いいか、邪魔はするな」

　ひとの足音がしたので、男はあわてて去ろうとした。

「あなたの名は？」

「三郎太《さぶろうた》だ」

　そう言い残し、男は裏口に向かうと暗闇に消えて行った。

　新吉はいったん『桔梗家』に戻った。

「新吉です」

　お琴が出迎えた。

「新さん。お疲れさま」

大人びた言い方に、新吉は戸惑いを覚えながら部屋に上がる。

居間に行くと、お波が長火鉢の前で煙管《キセル》をくわえていた。

「新さん、『武蔵屋《むさしや》』さんに後口《あとくち》だよ」

「わかりました」

新吉が腰を下ろすと、お琴が茶をいれてくれた。

「すまねえ」

新吉は湯呑《ゆの》みを摑《つか》んだ。

「『武蔵屋』さんはどなたですね」

客のことをきいた。

「札差の旦那《だんな》衆らしいよ」

「そうですか」

新吉は茶をすする。脳裏に三郎太の言葉が蘇《よみがえ》った。笠木嘉門への襲撃を邪魔するなという頼みだ。

だが、『生駒屋』の寮は警戒を厳重にするはずだ。三郎太が忍び込めるとは思えない。それとも、寮への行き帰りを狙うのか。

それも難しい。駕籠《かご》の周囲は警護の侍で固めるだろう。付け入る隙はない。厳重な警戒を見て、襲撃を諦《あきら》めてくれればいいが。

「新さん」

お波の声にはっと我に返った。

「どうしたんだい？」

「ちょっと考え事をして。すみません」

「わかるよ」

「えっ？」

「新さんの心配はよくわかる」

「…………」

新吉は訝《いぶか》りながら、お波の顔を見つめた。

「お琴もずいぶん大人びたからね」

お波は声を潜めた。

お琴はすでに二階の部屋に上がっていた。三味線の音が聞えてきた。お琴が弾いているのだ。

「お琴さんもいい芸者になりそうですね」

お波の勘違いに任せて、新吉はお琴の話に触れた。

「お葉姐《ねえ》さんとふたり揃ったら、さぞかし壮観でしょうね」

「そうね」

お波は表情を曇らせた。

若い芸者はひとりと決められている。ふたりにするには料理屋の旦那衆の総意が必要であり、ふたり揃えば料理屋にとってもいいことだと思うが、そう単純にはいかないのだ。

やはり、向島には富裕な客が余所《よそ》の土地の芸者を連れてくることが多い。若い美《び》妓《ぎ》が何人も揃うと、余所の土地の芸者が行きたがらなくなる。富裕な客の足も遠のくのではないかと不安を感じる料理屋の旦那が多いようだ。

それだけでなく、吉原の件がある。お葉は今、吉原芸者並の振る舞いをしているが、それが許されるのは向島でひとりだけだ。

ふたりが許されるのは難しい。それを許せば、この先、三人、四人と吉原芸者並の振る舞いが出来る芸者が増え、向島芸者が吉原芸者と対等に位置づけられるようになるかもしれない。吉原がそれを許すはずはない。

「まだ、数年先の話でしょうが、すぐ歳月はめぐってきます」

「そうね」

向島に美妓はひとりだけという掟《おきて》が変わらなければ、ふたりは並び立てない。お琴は今十五。三年後の十八歳のとき、お葉は二十六だ。

向島の旦那衆がどっちを選ぶか。

「新さん。そろそろ迎えに」

お波がこの話題から逃れるように言う。

「へえ、じゃあ」

新吉は立ち上がった。


『大村家』の勝手口で待っていると、お葉が出てきた。

女中から三味線の入った長箱を受取り、新吉はお葉とともに『大村家』をあとにした。

「姐さん、『武蔵屋』さんに後口が入ってます。札差の旦那衆だそうです」

「そう」

お葉は頷《うなず》いてから、

「鞠塢さまがいつでもいいから来なさいって」

「そうですか。それはありがたい」

新吉は言い、

「七福神の話を聞けるのが楽しみです」

と、わざと付け加えた。

秋葉神社脇にある『武蔵屋』の勝手口から入る。

「じゃあ、姐さん」

新吉はお葉を見送ったあと、『武蔵屋』を出て、秋葉神社の境内に入り、手水場《ちょうずば》の横の大きな石に腰を下ろした。

改めて、三郎太のことに思いを馳《は》せた。

三郎太の仲間は侍がひとりだけだ。たったふたりで何が出来ようか。新吉が邪魔をしなかったら、新梅屋敷でならうまくいったかもしれない。それでも、三郎太は殺されただろう。

『生駒屋』の寮ではほとんど不可能だ。踏み込んだら、殺されることが目に見えている。

笠木嘉門は三郎太を踏み込ませないように寮の周辺の警戒を厳重にするだろうか。

それとも、わざと手薄にして敷地内に侵入させ、殺そうとするか。

後顧の憂いを取り除くためには後者だ。三郎太を中に誘い込んで殺す。そうに違いないと思った。

やはり、三郎太を思い止《とど》まらせるべきだ。しかし、三郎太がどこにいるかわからない。

内村源之助の家族や奉公人のことを誰にきけばわかるか。新吉には伝《つて》は八丁堀《はっちょうぼり》同心の梶井扇太郎しかいない。

扇太郎は幡多忠兵衛の件に関わっていたのだ。内村源之助のことも知っているかもしれない。

新吉は立ち上がり、秋葉神社の境内を出て、水戸《みと》家下屋敷の裏手にある茂助《もすけ》の家に行った。

戸を叩《たた》き、とっつあんと声をかけ、新吉は戸を開けた。

茂助は部屋で酒を呑《の》んでいた。五十一歳で、小さな顔に無数の皺《しわ》がある。元竹屋《たけや》の渡しの船頭で、今でもときたま舟を漕《こ》いでいる。新吉も何度か舟を出してもらっていた。

「とっつあん、夜遅くにすまねえ」

新吉は土間に入って言う。

「なあに、まだ五つ半（午後九時）にもなっていめえ。さあ、上がらねえか。いっしょにやろう」

茂助は徳利を持ち上げた。

「とっつぁん、すまねえ。まだ、仕事が終わってねえんだ。今、姐さんは『武蔵屋』さんなんだ」

「そうか」

茂助は落胆した。

「とっつぁん、頼みがある。明日《あした》の朝、舟を出してくれねえか」

「そんなのお安い御用だ。どこだ？」

「八丁堀だ。同心の梶井様に会いに行くんだ」

「屋敷の場所はわかるのか」

「いや、だが行けばわかるだろう。奉行所に出仕する前に屋敷に着きたい」

「わかった。夜明けにいつもの桟橋に舟をつけておく」

「いつもすまない」

「なあに、いいってことよ」

「じゃあ、頼んだ」

と声をかけ、新吉は茂助の家を出た。

『武蔵屋』の勝手口に入り、お葉が出てくるのを待った。

「新吉さん、お茶をおいれしましょうか」

女中が新吉に何かと親切にしてくれる。

「いえ、だいじょうぶです。そうだ、煙草盆を貸していただけますかえ」

新吉は煙草入れを取り出し、煙管《キセル》を抜きとった。

「はい」

女中が煙草盆を新吉のそばに置いた。

「すまねえ」

煙管の火皿《ほざら》に刻みを詰め、煙草盆を持って火を点《つ》けた。

女中の視線が頬に当たる。新吉が顔を向けるとあわてて目を逸《そ》らし、立ち去って行った。別の女中だった。

あちこちで、女中から熱い視線を浴びるのは常のことだった。

お葉の声がした。女将《おかみ》といっしょにやってきた。

「新さん。これから船の見送りに」

そう言い、お葉は表にまわった。

客は四人だ、お葉と年配の芸者、それに女将もいっしょに土手のほうに向かった。

客はみな札差の旦那《だんな》だ。

新吉はだいぶ離れてついていく。賑《にぎ》やかな声が聞えてくる。やがて、土手に出て、竹屋の渡し場に下りて行く。屋根船が待っていた。

四人が船に乗りこんだ。お葉たちに見送られて、船は岸を離れた。

星明かりで船の影はくっきり見えた。川の真ん中に出て、船が吾妻《あづま》橋の近くに行くまで、お葉たちは見送った。

お葉たちが引き返してきた。

三囲稲荷社の鳥居の傍で待っていると、お葉がやって来た。

「お参りしてきます」

「へい」

本殿に向かうお葉を見ていて、新吉の脳裏をお琴の顔が掠《かす》めた。お葉はお琴を妹のように可愛がっている。しかし、お琴はどう思っているのだろうか。

ふとしたときに新吉に向けられるお琴の艶《なまめ》かしい視線に不安が募るのだ。本殿の前で手を合わせているお葉に目を向けながら、「何があろうが姐《ねえ》さんのことはあっしがお守りしますぜ」と新吉は心の中で呟《つぶや》いていた。

二

朝靄《あさもや》の中、新吉は茂助の漕ぐ舟で大川《おおかわ》を下った。ようやく陽が昇りはじめた。すでに、両国橋《りょうごくばし》を葛西《かさい》方面からの野菜を積んだ大八車が何台も渡って行く。両国広小路で青物市が開かれるのだ。

両国橋をくぐり、田安《たやす》家の下屋敷の脇を通り、日本橋川を突っ切って亀島川《かめじまがわ》に入った。

八丁堀の同心屋敷に近い辺りの船着場で下り、茂助を待たせて同心屋敷に向かった。出仕する同心が屋敷の門から出てくる姿を見た。

新吉はその同心に近付き、声をかける。

「恐れ入ります。定町廻《じょうまちまわ》りの梶井扇太郎さまのお屋敷はどちらかわかりますでしょうか」

同心は立ち止まり、

「この先の四つ辻《つじ》を右に曲がった二軒目だ」

と、言った。

「ありがとうございます」

　新吉は教えられたとおりに辻を右に曲がった。二軒目に近づいたとき、木戸門から梶井扇太郎が供を連れて出てきた。

「梶井さま」

　新吉は近寄った。

「やっ、箱屋の新吉ではないか」

　扇太郎は驚いたように、

「何かあったのか」

　と、真顔になった。

「朝早くにすみません。教えていただきたいことがありまして」

「なんだ」

「一年前、幡多忠兵衛が『蓬莱屋』を殺そうとしたことから、勘定勝手方の不正が明らかになりましたね。そのとき、罪に問われたのが幡多忠兵衛ともうひとりの内村源之助という勘定組頭だったとか」

「そうだが、なんだ、今ごろ？」

　扇太郎は不思議そうにきいた。

「へえ、内村さまの奉公人のことでおききしたいのですが」

「奉公人？」

「三郎太という若党がいたそうです。その若党に会いたいのです」

「なぜだ？」

「へえ、ちょっと」

「なんだ、言えないのか」

「すみません。あとで、ちゃんとお話しします」

「まあいい。今のことは俺にもわからん。藤原左門《ふじわらさもん》どのにきいてみる」

藤原左門は芝増上寺の修復工事の件で、作事奉行の木下主水の不正を調べていた御徒目付《おかちめつけ》である。

「よろしくお願いいたします」

「あとで知らせる」

新吉は扇太郎と別れ、船着場に急いだ。

帰りの舟の中で、新吉はきいた。

「とっつあんは佐原鞠塢さまを知っているかえ」

「ああ、梅の隠居だろう。何度か舟に乗せたことがある」

棹《さお》から櫓《ろ》に替えて、茂助が答える。

「どんなお方なんだ？」

「ちょっと浮世離れしたところがあるが、いい旦那だ。何でも遊びに変えてしまう」

「七福神参りを考えついたのも鞠塢さまだそうじゃないか」

「そうだ。風流人だ」

茂助は言ってから、

「でも、風流人でいられるのは余裕があるからだ。俺たちみたいなその日暮しは風流じゃ食べていけねえ」

「そうだな」

「俺だって金があったら風流に生きられたかもしれねえ。いや、無理か。俺にはそんな素質はねえ」

蔵前《くらまえ》の米蔵を左に見、駒形堂《こまがたどう》を過ぎると、吾妻橋が迫ってくる。

「梅の隠居がどうかしたのかえ」

「いや、この前、新梅屋敷に行ったら、鞠塢さまが作ったと聞いたので」

「虫聞きの会とか、月見の会とか、優雅なものだ」

茂助はうらやましそうに言う。

竹屋の渡し場の近くの桟橋で舟を下り、新吉は自分の家に帰った。戸を開けると、上がり框《がまち》に腰を下ろして煙草を吸っている年寄りがいた。細面で眉《まゆ》にも白いものが見える。

年寄りは煙管《キセル》を手にしたまま、新吉を見て、

「勝手に待たせてもらった」

と言い、もう一服吸ってから雁首《がんくび》を煙草盆の灰吹《はいふき》に叩《たた》いた。

新吉ははっとした。

「佐原鞠塢さまで？」

「うむ」

煙管を煙草入れにしまいながら、

「お葉に聞いた。おまえさんがわしに七福神のことできききたいことがあるそうだと」

と、笑いながら言う。

「へえ。でも、まさかお出《い》でいただけるとは。失礼します」

新吉は鞠塢の横から部屋に上がり、改めて挨拶《あいさつ》をした。

「新吉にございます」

「うむ、噂に聞いている。菊五郎よりいい男だ」

顔を見つめながら、鞠塢は言う。

「恐れ入ります。こちらからお伺いするつもりでしたのに、申し訳ありませんでした」

「おまえさんの用件が気になってな」

「気になる？」

「七福神のことできたいことがあるというのは方便ではないか。ほんとうは何か他のことではないか。どうだ？」

新吉は唖然《あぜん》とした。

「へえ、恐れ入ります。その通りで」

「七福神なんてのは遊びだ。そのことを真剣にききたいと思うのは妙だと思ったんだ。じゃあ、別に何があるのか。そう思うとじっとしていられなくなってな」

鞠塢は新吉の顔をじっと見つめた。

「すっかり見透かされているようで」

新吉は恐縮して、

「じつは鞠塢さまにお願いがあります。いえ、急ぎではありません」

「なんだね、聞こうか」

「どうぞ、お上がりください」

「いや、ここでいい」

「そうですか」

新吉はどう切りだすか迷いながら、

「このことはどうか鞠塢さまの胸に納めていただけますか」

と、口にした。

「もちろんだ」

新吉は頷《うなず》いて、

「鞠塢さまは、『桔梗家』にお琴という仕込みっ子がいるのをご存じでしょうか」

「知っている。あれはいい芸妓《げいぎ》になる」

鞠塢は目を細めて言う。

「あっしもそう思います。きっとお葉姐《ねえ》さんと双璧《そうへき》をなすでしょう。でも、向島にはある掟《おきて》が」

「うむ。若い芸者はひとりだけだ」

「はい。ふたりは認められませんか」

「難しいだろう。というのも、客が柳橋などの芸者を連れて遊びにくると思っているようだが、逆だ。余所《よそ》の土地の芸者が向島に客を連れてきてくれているのだ」

「…………」

「余所の土地の芸者は葉桜芸者しかいない向島に安心して来られる。そんな向島に若く美しい芸者が何人もいたら、いがみ合うことになりかねない。余所の土地の芸者は向島に寄りつかなくなるのではないか。旦那《だんな》衆はそう思い込んでいるのだ」

「そんなことがあり得ましょうか」

「そう信じている」

「でも、お葉姐さんが誕生し、ますます向島は活気づいております」

「ひとりだからだ」

「真菰《まこも》の中に一輪だけ菖蒲《あやめ》を咲かすという考えからひとりだけを認めたのですよね。でも、何も菖蒲は一輪だけとは……」

「新吉さん、ひとりだけとはいえ、若い美妓《びぎ》を置くことになるまで激しい意見のぶつかりあいがあって、ようやくひとりだけならと決まったのだ。じつはわしも『大村家』の旦那から相談を受け、若い美妓の誕生に賛成した」

「鞠塢さまのお考えが旦那衆に大きな影響を与えているのではありませんか」

やはり、そうだと新吉は自分の考えが的外れではないことを確信した。新梅屋敷が出来て、向島にやってくる客も増えたのだ。文人墨客と交流のある鞠塢は料理屋の旦那衆からも一目置かれる存在なのは間違いない。

「新吉さん。わしにどうしろと？　まさか、若い芸者をもうひとり増やすように進言しろと言うのではないだろうね」

「そのとおりです」

「わしにはそんな力はないよ」

「あります」

新吉はきっぱりと言う。

「仮にあったとしても、そのことを言い出す大義名分がない」

「鞠塢さまは新梅屋敷を作り、虫聞きの会や月見の会などを催されています。極め付きは隅田川七福神を作ったことです」

「遊びだ」

「向島の若い美妓のためにまた遊んでいただけませんか」

「若い美妓のために遊ぶ？」

「はい」

「無理だ。わしは風流に身を置くもの。世俗を離れて楽しむのだ。芸者は逆だ。世俗そのものではないか」

「いえ、座敷に芸妓を呼ぶのも世俗から離れて遊んでいるのです」

「わしらの相手は自然だ。わしが惹《ひ》かれるのは向島の鄙《ひな》びた風景だ。御座敷の華やかさではない」

「咲き誇った桜、紅《あか》く燃えた紅葉。華やかではありませんか」

「芸者の華やかさとは違う」

「でも、真菰の中の菖蒲が葉桜芸者の中の若い美妓に見立てられたことを、鞠塢さまは受け入れられたではありませんか」

「それはわしも世俗に生きているからだ」

鞠塢は苦笑してから、

「おまえさん、何か腹積もりがあるのではないか」

と、根負けしたようにきいた。

「神社の狛犬《こまいぬ》は阿《あ》吽《うん》のふたつで一対。坂も男坂と女坂。美人も菖蒲か杜若《かきつばた》。常に、ふたつ並んで成り立ち、そして繁栄していくものではありませんか」

「向島には菖蒲だけで杜若がいないというわけか」

「向島からは遠望すれば東に筑波山、西に富士山《ふじさん》。片方の山だけではいびつだとは思いませんか」

「なるほど。お葉とお琴を富士と筑波にたとえるというのか」

「はい。鞠塢さまが向島に足りないものは富士と筑波が揃わないことだと折りを見て吹聴《ふいちょう》してくだされば旦那衆もいつか耳を傾けるようになるのではないかと」

「…………」

鞠塢は厳しい顔で押し黙った。

新吉は鞠塢を怒らせてしまったかと思った。

「鞠塢さま、申し訳ありませんでした。差し出がましい真似をして」

「おまえさんは」

鞠塢は表情を変えず、

「おまえさんは、わしが七福神を作った話から今のことを思いついたのか」

と、きいた。

「はい。最後の寿老人が見つからなかったのを白髭神社に結びつけたという話をお聞きし、鞠塢さまならお葉姐さんとお琴さんを富士と筑波に見立ててくれるのではないか。また、鞠塢さまの言葉なら旦那衆の胸に響くだろうと」

新吉は頭を下げ、

「どうか、今のことはお忘れください。よけいな小細工をして、恥じ入る思いです」

「いや、わしは感心したのだ」

「………」

「なんとしてでもお葉とお琴を向島で並び立たせたいというおまえさんの熱意もそうだが、それより七福神の話からそこまで考えついたことにな」

「恐れ入ります」

「おまえさんはただ者ではないと思っていたが、やはり、そうだ」

鞠塢はじっと新吉の顔を見つめ、

「わしからきいていいか」

と、新吉の顔を窺《うかが》うように見た。

「はい」

「おまえさんは元武士だそうだな」

「昔のことでございます。今は箱屋です」

昔の自分とは縁を切ったと、新吉は告げた。かつて油木新次郎であったことや、なぜ江戸を離れて何年間も上州《じょうしゅう》で過ごしたかも頭の中から消し去ったのだ。

「箱屋で満足か」

「はい」

「嘘だ」

「嘘ではありません」

「いや、正しくはお葉の世話をすることに満足しているだけではないのか。他の芸者の世話も出来るか」

「…………」

鞠塢は鋭く突いてきた。

「ひとには天から与えられた役目がある。天命に逆らうことは出来ぬ。箱屋が新吉さんの定めとは思えない。おまえさんほどの男なら、もっと他にやることがあるはずだ」

「お言葉を返すようですが、箱屋はあっしの天命だと思っております」

「ばかな」

鞠塢は眉根《まゆね》を寄せた。

「お聞きください」

新吉は大きく息を吐いてから、

「世間は箱屋というと道楽をし尽くした果てになるものと言っているそうですが、あっしはそうは思いません。向島に流れてきたのも縁ならば、『桔梗家』のお波姐《ねえ》さんの世話を受けるようになったのも、そしてお葉姐さんの箱屋になったのも縁、何かの定めでございます」

　鞠塢は顔をしかめたまま聞いている。

「確かに箱屋は端からみれば、まっとうな男がやる仕事ではないと思えるかもしれません。しかし、あっしは箱屋をやって、ひとのために目立たない所で力を尽くすことの尊さを学びました。天はあっしに欠けているものを正そうとして、今の境遇に置いたのだと思っております」

「…………」

「もちろん、あっしだって箱屋を天職だと思っちゃいません。この先ずっと箱屋として生きていけるとも思いません。でも、今は箱屋があっしに与えられた使命だと思っております」

「箱屋に誇りを持っているのか」

「どんな仕事でもみなさん誇りを持ってやっているんじゃないでしょうか」

「なるほど」

鞠塢は大きく頷《うなず》き、

「さすが、おまえさんはたいした男だ」

と、讃《たた》えた。

「生意気なことを申しました」

新吉は頭を下げた。

「いや。確かにおまえさんの言うとおりだ、どんな仕事でも誇りを持ってやることは大事だ。わしも」

鞠塢は間をとって続けた。

「仙台に生まれ、江戸に出て、江戸三座のひとつである中村座の芝居茶屋に勤めた。それから、日本橋住吉で骨董屋《こっとうや》を開いたが、芝居茶屋に勤めているとき、客から理不尽な扱いを受けたりしたが、わしは負けなかった。自分のやっていることに誇りを持っていたからだ」

「…………」

「わしは恥ずかしい」

鞠塢がいきなり言う。

「恥ずかしい？」

新吉は耳を疑った。

「知らず知らずのうちに、わしも箱屋を低く見ていたようだ。おまえさんが言うように、どんな仕事でもそれを通して自分を成長させてくれるものだ。新吉さん、礼を言う」

鞠塢は頭を下げた。

「もったいない」

「邪魔をした。そろそろ引き上げねば」

鞠塢は立ち上がったあと、

「お葉とお琴の件、承知した」

「ほんとうですか。ありがとうございます」

新吉は頭を下げ、引き上げて行く鞠塢を見送った。

それから着替えて、『桔梗家』に向かった。

三

扇太郎と伝八はいかにも妾宅《しょうたく》といった感じの黒板塀の小じゃれた家の前に立った。

伝八が格子戸を開け、声をかける。

「ごめんよ」

婆さんが出てきた。

「俺は伝八という十手持ちだ。おとせはいるか」

「はい、少々お待ちを」

婆さんは奥に引っ込んだ。

やがて。艶《なまめ》かしい様子の年増《としま》が出てきて、

「おとせですが」

と、落ち着いた口調であいさつをする。二十五、六歳だ。

「小間物屋の冬吉を知っているな」

伝八が決め付けて言う。

「ええ」

おとせは眉根を寄せた。

「ここによく顔を出していたようだな」

「はい」

「冬吉が殺されたことを知っているか」

「はい。驚きました」

「誰から聞いたのだ?」

「同じ小間物屋の孝助さんです」

「それはいつだ?」

「二、三日前です」

「それ以前にここには?」

「冬吉さんが顔を出さなくなってしばらくしてやって来ました」

「商売でか」

「ええ、冬吉さんに代わって自分がこれからこちらに顔を出すと」

「なに、冬吉に代わってだと?」

「はい。冬吉さんは行方知れずになったので、自分が代わりにと」

「何があったのかきいたか」

「はい。でも、何があったのかわからないと。ともかく、これからは自分が顔を出すのでよろしくと言うだけでした」

「孝助はその他に何か言っていなかったか」

「いいえ。あっ」

　おとせは思いだしたように、

「冬吉さんが帰ってきたら、また代わるんですかってきいたら、もう代わらないと言ってました」

「もう代わらない？」

　それまで黙っていた扇太郎が口を開いた。

「孝助はほんとうにそう言っていたのか」

「はい。そうです」

「これからはずっと孝助がやって来るということだな」

「そうです」

「冬吉が死んだと口にしたときの孝助の様子はどうだった？」

「普通でした」

「特に悲しんでいるとか、驚いていたとか……」

「いえ、そんな感じはありませんでした」

　おとせは不審そうに、

「旦那《だんな》、親分さん。孝助さんに何か」

と、きいた。

「いや、なんでもない。冬吉のことだが、最後にここにきたのはいつか覚えていないか」

「台所に飾っていた麦わらの蛇を見て、浅草の富士《ふじ》浅間《せんげん》神社の富士詣《もう》でに行った話をしましたから、六月三日か四日ぐらいだと思います。夕暮れ時でした」

旧暦六月一日は山開きで、富士山に行けないひとのために、富士塚が各地に作られている。その富士詣での土産に、麦わらで作った蛇を売っている。家に飾っておけば、火の用心になると言われている。

「先月の三日か四日か」

冬吉がいなくなったのもそのころだ。

この家の帰り、孝助が待ち伏せて冬吉を真崎稲荷の裏に誘い込んで殺した。そういう筋書きを考えたが、どこかすっきりしない。

ふいに別の考えも浮かんだ。

「そなた、冬吉とはどうだったのだ？」

「どうだったとは？」

「ひょっとして、いい関係だったんじゃないかと思ってな」

「わたしには旦那がいるんですよ」

「だから、冬吉とそんな仲になるはずはないと言うことか」

「そうです」

「おまえさんの旦那は誰なんだ？」

「大伝馬町にある木綿問屋の旦那です」

「名は？」

「『横田屋《よこたや》』の半左衛門《はんざえもん》さんです」

「半左衛門は冬吉のことを知っているのか」

「いえ、ふたりは会ったことはありません」

「そういうことか」

伝八がやっと扇太郎の質問の意味がわかったようで、

「半左衛門がおめえと冬吉の仲を疑ったことはないのか」

　と、きいた。

「そんなことありませんよ」

「おめえが知らないだけで、半左衛門は冬吉のことを知っていたかもしれないぜ。

　どうだ、旦那のことを思いだしてみろ」

「まさか、旦那が冬吉さんを殺したと……」

おとせは目を剝《む》いた。

「そうは言ってねえ」

「でも、そう聞えました」

「考えられることは一応どんなことでも考えておかねばならぬのだ」

扇太郎は言い訳をし、

「半左衛門はいくつだ？」

「四十二です」

「厄か。半左衛門の様子に変わったところはなかったか」

「ありません」

おとせはきっぱりと言う。

「そうか。わかった」

扇太郎は話を切り上げた。

橋場から今戸、花川戸を経て駒形から蔵前の通りに入った。

「孝助も怪しいですが、『横田屋』の半左衛門も気になりますね」

「うむ、『多幸屋』の佐太郎といい、冬吉の周りは怪しい奴ばかりだ」

「念のためだ。『横田屋』の半左衛門を調べてくれ。俺はこれから、藤原左門どのに会ってくる」

「わかりやした」

浅草御門を抜けて、扇太郎は伝八と別れ、米沢町《よねざわちょう》へ向かった。

米沢町にあるそば屋の二階で、扇太郎は御徒目付の藤原左門と向かい合った。昨日、左門の屋敷に使いを出したのだ。

「藤原さま。お呼び立てして申し訳ありません」

扇太郎が頭を下げる。

「いや。その節はお世話になりました」

左門も挨拶《あいさつ》した。眉毛《まゆげ》が濃く、耳たぶが大きい。

御徒目付は旗本以下の武士を監察する御目付の下で働く。

一年前に芝増上寺の修繕工事に絡んだ、作事奉行と『蓬莱屋』の不正を調べていたのが左門だった。奉行所同心の扇太郎と手を組むことによって、その前年の堤防の修復工事での勘定奉行勝手方と『蓬莱屋』の不正まで暴くことが出来たのだ。

亭主が酒を運んできて、ふたりの猪口《ちょこ》に酌をして部屋を出て行った。

「さっそくですが、ちょっと教えていただきたいことがありまして」

猪口の酒を呑《の》み干して、扇太郎は切りだした。

「なんでしょう」

左門も猪口を置いた。

「去年、処罰を受けた勘定組頭の内村源之助のことで」

「うむ」

左門は渋い顔になった。

「内村源之助は最後まで不正への関与を否定していたそうですね」

「そうです。認めないまま腹を切りました」

「実際はどうだったのでしょうか」

「…………」

左門は顎《あご》に手をやった。

「朋輩《ほうばい》の証言もあって内村源之助の不正は明らかになったのですが……」

やがて、左門は手酌で猪口に酒を注いで口に運んでから言った。

「藤原さまは疑問を？」

「疑問というほどではないが、朋輩の証言がどうも信用出来なかった。誰かから、言わされているような印象だったのです」

「誰かとは？」

「勘定奉行だと思います。もちろん、確たる証《あかし》があってのことではありませんが」

「内村源之助の家族はどうなったのでしょうか」

「息子などは妻女の実家に引き取られました」

「奉公人は？」

「もちろん、解雇されました」

「三郎太という若党はおりましたか」

「いました。上州の百姓の出ですが、剣術の心得があるので侍になりたくて江戸に出てきて、内村源之助の武家奉公人になったそうです」

「忠義な奉公人だったのでしょうか」

「内村源之助が中間《ちゅうげん》から若党に抜擢《ばってき》してくれたことで、恩を感じていたようです。私にも、主人は不正をしていないと食ってかかってきました」

「藤原さまに直談判《じかだんぱん》ですか」

「ええ、すさまじい剣幕でしたね」

「その後、三郎太は別の屋敷に中間として奉公しているはずです」

「お屋敷はどこかわかりますか」

「さあ、そこまでは」

左門は首を振ったが、

「口入れ屋にきけばわかるでしょう」

「口入れ屋はどこでしょうか」

「田原町の『多幸屋』だと思います。これからどうするのだときいたら、また『多幸屋』で新しい奉公先を探すと言っていました」

「『多幸屋』ですか」

扇太郎は鼻の大きな佐太郎の顔を思いだした。

「梶井どの。三郎太が何かやらかしましたか」

左門が眉根《まゆね》を寄せてきいた。

「じつは向島の箱屋の新吉から三郎太の居場所を調べてもらいたいと頼まれたのです」

「箱屋の新吉？　去年、我らに手を貸してくれた？」

「そうです」

去年の事件に新吉も関わっていたので、左門は名前だけは知っていた。

「新吉はわけはあとで話すということで、何も打ち明けてくれませんでしたが、新吉が捜していることが気になりまして」

扇太郎は説明した。

その後、酒のあとにそばを食べて、扇太郎は左門とともに部屋を出た。

そば屋の前で、左門と別れ、扇太郎は田原町に向かった。

冬吉殺しの件で、主人の佐太郎の疑いが晴れたわけではない。冬吉は『多幸屋』から五十両を盗んで逃げたとして、手下が車坂町の幸兵衛店まで冬吉を捜しに行っているのだ。

佐太郎は盗まれたのは五十両ではなく一両だったと訂正し、殺しへの関与を否定したが、何か隠しているように思えてならない。

扇太郎は浅草御門を抜けて蔵前の通りを急いだ。

田原町にやってきて、『多幸屋』の暖簾《のれん》をくぐり、土間に入った。

「これは梶井さま」

帳場格子の中にいた番頭が会釈をした。

「また、冬吉のことでございますか」

「いや、別件だ」

「別件……」

番頭は戸惑ったように表情を曇らせた。

「心配するようなことではない。三郎太という男の奉公先を知りたいのだ」

「三郎太……」

「前は勘定組頭内村源之助の屋敷に奉公し、一年前に内村家が断絶になって、改めてここで新しい奉公先を見つけたのではないか」

「思いだしました。あの三郎太ですね」

すぐに机の上に帳面を広げたが、

「あっ」

と、番頭が叫んだ。

「どうした」

扇太郎は眉根を寄せてきいた。

「三郎太は御《お》徒《かち》衆の堂本宇《どうもとう》兵衛《へえ》さまの屋敷に中間として奉公しました。ところが先月、堂本さまの用人がやって来て、三郎太が奉公を突然やめてしまったと苦情を入れてきました」

「奉公を辞めた？」

「はい、突然のことで。仕方なく、新しい奉公人を世話しましたが」

「三郎太は今どうしているのかわかるか」

「いえ。わかりません」

「三郎太の請人は誰だ？」

「浅草駒形町太郎兵衛《たろべえ》店《だな》の大家の久兵衛《きゅうべえ》です」

　そこに亭主の佐太郎が帰ってきた。

「お帰りなさいまし」

　番頭が声をかける。

　佐太郎は扇太郎に気づいて顔をしかめた。

「三郎太のことだそうです」

　番頭があわてて教える。

「三郎太？　堂本さまの屋敷を勝手にやめた男か」

「そうだ」

　扇太郎は佐太郎に顔を向け、

「三郎太の行方を知りたいのだ」

「ここにも顔を出していません。ですから、私どもも知りません。一年の約束でしたが、あと二ヵ月を残して黙っていなくなるなんて」

　佐太郎は口元を歪《ゆが》めた。

「請人が浅草駒形町太郎兵衛店の久兵衛だそうだな」

「はい。ですが、久兵衛さんのところにも現われなかったということですから、当然知らないと思います」

「なぜ、奉公先をやめたのか心当たりはないのか」

「ありません」

「一年の約束を一方的に破られたのだ。堂本どのは相当怒っていただろうな」

「はい。用人さまがここに乗りこんでこられましたから」

「そうか」

「梶井さま。三郎太と会ったら、うちに顔を出すように伝えていただけませんか。まあ、顔を出しっこないでしょうが」

　佐太郎は吐息をもらした。

「まあ、会えたら伝えておこう。邪魔をした」

　扇太郎が踵《きびす》を返したとき、

「梶井さま」

と、佐太郎が呼び止めた。

「なんだ？」

「冬吉の件はどうなりましたか」

「まだだ」

「私どもの疑いは晴れたのでしょうか」

「まだ、これからだ」

扇太郎が言うと、佐太郎は顔をしかめた。

扇太郎は田原町から駒形町に行った。

太郎兵衛店の長屋木戸の横にある鼻緒屋が大家の久兵衛の家だった。

店番の若い男に久兵衛の名を告げると、すぐ奥に呼びに行った。やがて鬢《びん》に白いものが目立つ男が出てきた。

「これは八丁堀の旦那《だんな》で」

久兵衛は軽く会釈する。

「そなたが請人になった三郎太の行方が知りたい」

扇太郎は切りだす。

「三郎太が何かしましたか」

久兵衛は不安そうな顔をした。

「そのような兆候でもあったのか」

「いえ。奉公先を突然やめたと聞いていたので、てっきり何かやらかしたのかと思いまして」

「ただ、行方を捜しているだけだ」

「そうですか」

「奉公先をやめるとき、ここに顔を出さなかったのか」

「はい。『多幸屋』の旦那から聞かされるまでやめたことを知りませんでした」

久兵衛は困惑したように言い、

「去年、奉公先がなくなったときはここにやってきました。だから、もう一度、請人になって『多幸屋』に行ったのですが」

「三郎太はどんな男だ？」

「子どものころから剣術を習っていたので侍になりたくて江戸に出てきたそうです。侍に憧《あこが》れていたせいか、忠義の心を持っていました。だから、内村さまの屋敷でも信頼され、中間から若党に抜擢《ばってき》されたのです。そのことでも、内村さまには恩誼《おんぎ》を感じていたようでした」

「三郎太の行方を知っていそうな者を知らないか」

「知りません」

「女はどうだ？」

「女ですか」

「突然、奉公をやめたのは女絡みだということは？」

「さあ。女のことはわかりません」

「わかった。邪魔をした」

大家の家を辞去し、扇太郎は鰯雲《いわしぐも》を見ながら吾妻橋を渡った。

四

夕七つ（午後四時）、新吉は『生駒屋』の寮に行ったが、主人の牧右衛門は来ていなかった。木綿問屋『生駒屋』は大伝馬町にあるのだ。

寮番の年寄りは、十一日の夜に寮に来ることになっていると話した。勘定奉行の笠木嘉門がやってくるのは十三日だ。

新吉は『生駒屋』の寮から自分の家に戻った。

部屋に上がったとき戸が開く音がした。同心の梶井扇太郎だった。

「梶井さま」

扇太郎は土間に入ってきて、刀を腰から外すと上がり框《がまち》に腰を下ろした。

新吉は傍に寄った。

「三郎太の件だが、行方はわからなかった」

「そうですか」

「三郎太は内村家が断絶したあと、御徒衆の堂本宇兵衛さまの屋敷に中間《ちゅうげん》として奉公したそうだ。そこを一ヵ月ほど前に突然やめ、それきり請人の浅草駒形町太郎兵衛店の久兵衛のところにも現われていない」

暗殺を企てているのだ。居場所を悟られないようにしているはずだ。

「新吉、三郎太に何があるのだ?」

扇太郎はきいた。

「じつは……」

新吉は迷いながら、

「三郎太はあることをしようとしているのです。それをやめさせたいのです。でも、居場所がわからなければ、それも叶《かな》いません」

「あることとはなんだ？」

「ええ」

「どうした、はっきり言え」

扇太郎は強く促した。

「内村源之助さまの復讐《ふくしゅう》を企てています」

「復讐？」

「相手は勘定奉行の笠木嘉門さま」

「なんだと勘定奉行だと」

扇太郎は顔色を変えた。

「はい。内村源之助さまに罪をかぶせたのは笠木嘉門さまだと思い込んでいるようです」

「ひとりでか」

「仲間はいますが、ひとりかふたりではないかと思われます」

三囲稲荷社で襲いかかってきたのは侍がひとりだった。他に仲間がいたとしても、何人もいるようには思えなかった。

「今度、笠木さまは『生駒屋』の向島の寮に招かれています。そこで狙うものと思われます」

「無理だ。数人では何も出来やしない」

「はい。襲撃に備え、笠木さまは万全な態勢を整えるでしょう。どう考えても、うまくいくはずありません。返り討ちに遭うことは目に見えています。だから、三郎太を思い留《とど》まらせたかったのです」

「笠木さまの来訪をやめさせることは出来ないのか」

「無理なようです。『生駒屋』の旦那《だんな》の話では、笠木さまはお葉姐《ねえ》さんに会うのを楽しみにしているそうです。取りやめはまったく考えていないようです」

「笠木さまが寮に呼ばれているのはいつだ？」

「明後日です」

「よし、念のために俺も寮の周辺を警戒しよう」

「無駄骨になるかもしれませんが」

厳重な警戒に、三郎太は襲撃を諦《あきら》めるかもしれないのだ。

「それはそれでいい。かえって望ましいことだ」

「ただ、笠木さまは暗殺者を斃《たお》すために、わざと警戒を緩め、寮の中に誘い込もうとするのではないかと思われます」

「………」

「寮の中に誘い込まれたら、もはや袋のねずみです」

「そうだな。いずれにしろ、寮の近くで三郎太を捕まえるしかないな」

扇太郎は言ってから、

「それにしても、木綿問屋の『生駒屋』がどうして勘定奉行を接待するのだ？　出入りをしたいのか」

「それもありましょうが、それだけではないと思います。材木問屋『奈良屋』の内儀と『生駒屋』の内儀は姉妹だそうです。『奈良屋』のために『生駒屋』が骨を折っているんじゃありませんか。それまで、『奈良屋』は笠木さまとつながりがなかったそうですので」

「では、明後日には『奈良屋』も同席するのか」

「いえ、『奈良屋』とのつながりがおおっぴらになると、何かと疑惑を招き易いので、『奈良屋』は陰に隠れているのではないでしょうか」

「いずれにしろ、笠木さまは賄賂《わいろ》を受取っているのだな」

扇太郎は口元を歪《ゆが》めた。

「それより、どうしておまえは三郎太の企《たくら》みに気づいたのだ？」

「今月の三日に、『生駒屋』の旦那は笠木さまを寮に招いているのです。そのときは寮を出て新梅屋敷で接待をしました。そこにお葉姐さんが呼ばれたので、あっしも行っていました。そのとき、植込みの中に三郎太が潜んでいたのです。笠木さまを庭園の散策時に襲撃しようとしていたのにあっしが気づいて三郎太を取り押さえました」

「三郎太を取り押さえた？」

「はい」

「それなのに逃がしたのか」

「あのとき、突き出せば三郎太は笠木さまの家来に斬られていたでしょう。三郎太は死ぬ覚悟でいたみたいですが」

「なるほど。それならひとりでも襲撃は可能だったな」

扇太郎は合点《がてん》した。

「そこで失敗したので、改めて狙いを十三日にしたのです。警戒されていることを知りながら、あえて襲うつもりなのです」

「そなたは三郎太に同情しているのか」

「復讐などいけませんが、三郎太は忠義のために身を捨てようとしているのです。そんな、三郎太をなんとか助けたいのです」

新吉は熱く訴えた。

「俺も手を貸そう」

扇太郎が口にした。

「でも」

「心配するな。奉行所とは関係ない。三郎太の無茶をとめるだけだ。捕まえたりはせぬ。当日、気づかれぬように寮の周辺に目を光らせている」

「わかりました。お願いいたします」

新吉が下げた頭を上げたとき、すでに扇太郎は立ち上がっていた。

翌日の朝、長命寺近くにある豪奢《ごうしゃ》な『生駒屋』の寮の門を入り、裏に廻《まわ》ると、箒《ほうき》を持った寮番の年寄りがいた。

「箱屋の新吉でございます」

新吉は声をかけた。

「おまえさんか」

箒を使う手を休め、顔を向けた。

「へえ、旦那は予定どおり昨夜《ゆうべ》、こちらに？」

「ええ、いらっしゃった」

年寄りは答え、

「旦那に伝えてきます」

と、箒を置いて勝手口に入って行った。

こっちは裏手なので塀まで近い。新吉は植込みの傍を通って塀に近づいた。塀はそれほど高くない。

傍に松の樹があった。新吉は松の樹を利用して塀に飛び移り、外を覗《のぞ》いた。それほど高くない。下りてから、もう一度植込みを見る。ここなら、外から侵入し、身を隠しておくことが出来るかもしれない。

今夜のうちに忍び込んで、三郎太はここで一晩過ごすつもりかもしれない。新梅屋敷でも、三郎太は植込みの中で隠れていたのだ。

他にも一晩過ごせそうな場所を探して辺りを見回していると、背後に足音がした。

振り返ると、牧右衛門が近づいてきた。

「何をなさっているので？」

牧右衛門が不審そうにきいた。

「賊が忍ぶのにちょうどいい場所はどこかと」

「明日《あした》の朝、庭を隅から隅まで検《あらた》めます」

「旦那《だんな》、やはり明日は予定通り笠木さまはお見えに？」

「うむ。いらっしゃる」

「賊は行方を晦《くら》ましております。今、どこにいるのかわかりません」

「やはり、笠木さまを狙うつもりか」

「そうだと思います」

「ばかな男だ」

牧右衛門はひややかに言う。

「笠木さまに賊のことはお話しに？」

「話した。不快そうに口元を歪めたが、何も心配した様子はなかった」

「心配なことがあるのですが」

「何か？」

「今、そこの塀際を確かめましたが、向こう側から乗り越えられ、この植込みの中に潜むことが出来ます」

「そうですか」

牧右衛門は厳しい顔で植込みを見つめる。

「しかし、塀はそれほど低いわけではありません。そんなに簡単に乗り越えられないと思いますが」

「あそこに松の樹があり、枝が塀のほうに向いています。あの枝に縄を引っかければ、外から塀を乗り越えることが出来そうです」

「………」

「今からでも、塀のほうに突き出ている枝を切っておいたほうがいいかと思いますが」

「わかった。あとで切らせる」

牧右衛門は約束した。

「旦那。どうか、賊を中に忍び込ませないように」

「わかっている。笠木さまを騒動に巻き込ませたくないからな」

「では、明日」

「うむ。お葉に明日は頼むとな」

「へい」

新吉は牧右衛門と別れ、寮を出た。

念のために、寮の周囲を歩きまわってみた。やはり、さっきの松の樹がある所が一番忍び込み易いようだ。

すでに三郎太はこの近くに潜んでいるような気がした。三郎太にとって、明日が最後の機会だ。どんな手を使ってでも、笠木嘉門を斃《たお》しにいくだろう。意表を突いた方法で襲撃をするかもしれない。

その夜、新吉は長箱を抱え、お葉とともに『桔梗家』を出た。

出先は三囲稲荷社の近くにある『桜家《さくらや》』で、客は札差の『天野屋《あまのや》』の主人徳兵衛《とくべえ》である。

「『天野屋』の旦那はまた柳橋の姐《ねえ》さんたちを連れてくるんですかえ」

徳兵衛は三十七歳、歌舞伎役者の後援をしたり、自身も長唄《ながうた》を習ったりと、なかなかの遊び達者だった。

江戸一番の美妓《びぎ》と謳《うた》われた柳橋の美代次《みよじ》を贔屓《ひいき》にしていたが、向島のお葉の評判を聞きつけ、美代次とお葉を張り合わせようとした。

「そうね」

「まさか、美代次姐さんもいっしょじゃ？」

「いえ、最近は美代次姐さんをお連れじゃないわ」

「美代次姐さんじゃないんで？」

新吉は驚いてきき返した。

「何かあったんでしょうか」

「さあ」

「で、最近連れてくるのは誰なんですかえ」

「夢吉《ゆめきち》さんという若い妓《こ》を贔屓になさっているみたい」

「夢吉さんですかえ。やはり、美代次姐さんと『天野屋』の旦那に何かあったんでしょうね」

「殿方は若い妓のほうがいいんでしょうよ」

お葉は笑った。

「だって、美代次姐さんだって若いじゃありませんか」

美代次は二十五、六だ。

「そうね」

「夢吉姐さんはどんな芸者なんですか」

「柳橋じゃ、美代次姐さんの次ぐらいの売れっ子らしいわ。愛くるしい顔をしていて、とても……」

お葉は途中で言葉を切った。

「とても、なんですね」

「なんでもないわ」

お葉は首を横に振った。

「夢吉姐さんはいくつなんですね」

「十八よ」

「十八……」

『桜家』に着き、勝手口から入ると、女中頭のお豊《とよ》が出てきた。

「お願いします」

新吉はお豊に挨拶《あいさつ》をしたあと、

「『天野屋』の旦那はまた柳橋のお方をお連れですか」

と、きいた。

「ええ、また夢吉さんを」

「そうですか」

お葉は板敷きの間へ上がった。新吉もあとについて三味線の箱を箱部屋に持って行った。芸者の控えの部屋である。

「新さん、じゃあ」

「へえ、またあとで」

新吉はお葉に声をかけて箱部屋を出た。

新吉はいったん『桔梗家』に戻った。急に後口《あとくち》が入る場合がある。その知らせは芸者屋に入るのだ。後口がかかれば次の料理屋にお葉を送り届けなければならない。

格子戸を開けると、お琴が出迎えた。

「新さん、お疲れさま」

お琴が微笑んで言う。

居間にお波がいなかった。

「お波姐さんは？」

「出かけたわ」

「どこへ？」

「昔のお客さんが訪ねてきて、そこまで」

「昔のお客？」

「ええ、年配の方よ」

数寄屋町芸者時代の客だろう。

「新さん、今お酒つけるわ」

お琴は長火鉢の銚釐《ちろり》を手にした。

「あっ、お琴さん。酒は結構だ。まだ、仕事が残っているんで」

「お葉姐さんを迎えにいくだけでしょう」

お琴は流し目をくれて言う。

「いや、ほんとうにいい。酒が入ると出かけるのが億劫《おっこう》になる」

「お葉姐さんに気兼ねしているの？」

お琴は目をきっとさせた。

「気兼ね？」

新吉は思わずお琴の顔を見た。

初々しい色気と妖艶《ようえん》さがないまぜになって迫ってくる。その妖《あや》しい雰囲気を、おそらく意識していないのだろう。

そのとき、格子戸が開いてお波が帰ってきた。新吉はほっと気づかれぬようにため息をついた。

「姐さん、お帰りなさい」

　お琴があどけない顔でお波を迎えた。新吉に対して見せるのとはまったく別の顔だった。意識しているのかいないのか。

　お波が長火鉢の前に落ち着き、しばらく世間話をしたあと、

「じゃあ、あっしはお迎えに」

　と言い、腰を上げた。

「あら、まだ早いんじゃないかしら」

　お琴が言う。

「いえ、ちょうどいいころですよ」

　新吉は土間に向かった。お琴がついてきた。

「じゃあ」

「行ってらっしゃい」

　お琴は含み笑いをして見送った。無邪気なのか、計算をしているのか。新吉は困惑したが、必要以上に自分のほうが考えすぎているのではないかと思った。

『桜家』の勝手口に戻り、とば口で待っていると、お豊が空いた器を持って台所に

やってきた。

「あら、新さん。お座敷はまだよ」

「へい」

　わかっていますと頭を下げてから、

「お豊さん、ちょっといいですかえ」

「ええ、どうぞ」

　お豊は板敷きの間に腰を下ろした。

「『天野屋』の旦那《だんな》は、どうして美代次姐《ねえ》さんを連れてこないのかわかりますかえ。あんなに美代次姐さんを贔屓《ひいき》にしていたじゃありませんか」

「旦那は、美代次に袖《そで》にされたと言ってましたけど……」

　お豊は首を傾げた。

「そうじゃないと思っているんですね」

「ええ、ほんとうのことだったら、そんなこと言わないでしょう。夢吉さんのほうに目移りしたんじゃないかしら」

「若いほうがいいということでしょうか」

「そういうことね」

お豊は笑った。

それから、ほどなくしてお葉がやってきて、お豊から長箱を受取り、新吉はお葉といっしょに『桜家』を出た。

「『天野屋』の旦那を見送らなくていいんですかえ」

「ええ。新さん、お参りしていきたいわ」

「わかりました」

ふたりは三囲稲荷社の鳥居をくぐった。

お葉は本殿の前でいつもより長く手を合わせていた。その後ろ姿を見つめながら、新吉にはお葉に何か屈託があるように思えた。

ようやく、お葉が戻ってきた。

「ずいぶん、長い間、手を合わせておいででしたね」

新吉はさりげなさを装ってきいた。

「…………」

お葉は無言で頷《うなず》いただけだ。

「姐さん、何かあったんですかえ」

「美代次姐さん、最近、荒れているんですって」

いきなり、お葉が言う。

「荒れている？」

「ええ、御座敷でお酒をがぶ呑《の》みして酔って管《くだ》を巻くことが多くなったそうよ」

「美代次姐さんがですかえ」

新吉は信じられなかった。

「いったい何があったんでしょうか」

夢吉のことが脳裏を掠《かす》めた。

お葉は口を閉ざしている。

「『天野屋』の旦那のことと何か関係が？」

「どうかしら」

「姐さん、美代次姐さんのことが気になるんですかえ」

「ええ、男勝りだけど美人で、芸も達者だし、何も怖いものなどないはずなのに、どうして荒れているのかと思うと……」

「そうですね」

そのとき、新吉はこめかみに強い視線を感じた。はっとして、祠《ほこら》の背後の暗がりに目をやった。

三郎太に違いない。思わず駆け寄ろうとして思い留《とど》まった。お葉をひとり残して三郎太を追うわけにはいかなかった。

「新さん、どうしたの？」

「いや、なんでもありません」

強い視線は消えた。

「そうそう新さん、明日《あした》は『生駒屋』さんの寮よ」

「へい」

新吉は心が引き締まった。明日、三郎太は笠木嘉門を必ず襲うはずだ。

これから三郎太は寮の中に忍び込むのではないか。『生駒屋』の寮に行き、植込みの中を調べてみたかったが、そこまでは出来なかった。

「姐さん。帰りましょう」

新吉はお葉と並んで鳥居を出た。お葉が新吉に寄り添い、明るい月明かりに、ふたりの影が重なっていた。

五

『生駒屋』の寮に着いた。勝手口から入り、お葉が女中に連れられて部屋に上がったあと、新吉は問題の植込みの中を調べた。

ひとが隠れている気配はなかった。塀際の松の枝は切られていた。牧右衛門が約束どおりに始末したようだ。

庭のほうにまわった。警護の侍があちこちに立っている。警戒は厳重なようだ。

だが、新吉は案外な気がした。三郎太は昨夜のうちにこの敷地内に潜り込んでいると思っていたが、忍び込めなかったのか。

障子が開け放たれた座敷に、武士の姿が見えた。たるんだ顔に細い目。笠木嘉門だろう。そばにお葉がいる。他にも向島の年配の芸者が呼ばれていた。

新吉は座敷が見通せる場所に立った。牧右衛門が笠木嘉門に挨拶《あいさつ》をしているのが見える。柔らかい陽射しに爽《さわ》やかな風が吹き、襲撃の予兆などどこにもなかった。

だが、油断は出来ない。

やがて、三味線の音が聞えてきた。お葉が踊っている。笠木嘉門が満足そうに見つめている。

座は盛り上がっているようだ。笠木嘉門は上機嫌でお葉の酌を受けている。

陽が傾いてきた。笠木嘉門が立ち上がった。お葉が付添い、縁側に出た。庭を散策するようだ。

中間《ちゅうげん》ふうの男が履物を用意した。笠木嘉門に続いて、お葉も下駄《げた》を履いて庭に下りた。遅れて牧右衛門も続いた。

警護の侍は邪魔にならないように遠巻きにしている。

笠木嘉門はかなり呑んだのか足元が危うい。お葉のほうに倒れ掛かる。わざとかどうかわからないが、お葉があわてて支える。

泉水の近くに行ったとき、異変が起きた。母家の裏手から白い煙が上がった。と、同時に叫び声が轟《とどろ》いた。

「火事だ。曲者《くせもの》が火を放った」

警護の侍の何人かが声のほうに走った。残った三人の侍が笠木嘉門をかばうように母家のほうに向いて構えた。

新吉はお葉を守るために駆けた。走りながら、新吉の目に奇妙なものが飛び込んだ。泉水の背後にある四阿《あずまや》の陰から黒い影が現われた。口に何かを当てた。細長い筒だ。吹き矢だと思ったとき、矢が飛んできた。

「笠木さま、危ない」

新吉は叫んだ。

だが、笠木嘉門に声は届かず、飛んできた矢は笠木嘉門の首に突き刺さった。さらに第二の矢が飛んできた。

新吉は腰から素早く煙管《キセル》を抜き取り、飛んでくる矢に向かって投げた。両者は空中でぶつかり合い、地に落ちた。

笠木嘉門がくずおれた。

「殿」

三人が絶叫した。

黒い影が逃げた。

新吉はお葉に、

「ここで待っていてください」

と言い、四阿に向かって走った。

警護の侍はすでに四阿から塀の傍に向かった。新吉も四阿を過ぎたとき、賊はまさに塀を乗り越えるところだった。

塀の上で、賊が新吉のほうに顔を向けた。手に吹き矢を持ったままだ。新吉に気づいたのか軽く手を上げ、それから塀の向こうに消えた。

「三郎太……」

新吉は啞然《あぜん》とした。

やはり、三郎太だった。いつ、どこから侵入したのか。母家の裏のほうで誰かが曲者と叫んだが、あれは注意を向けさせるために三郎太の仲間がやったことだろう。

新吉は泉水の近くに戻った。すでに、笠木嘉門は家来に担がれて座敷に運ばれ、牧右衛門もいっしょについていった。

お葉が茫然《ぼうぜん》としていた。

「姐《ねえ》さん」

新吉は声をかけた。

「新さん」

お葉が新吉に駆け寄った。

「だいじょうぶですか」

「ええ。でも、笠木さまが……」

「行ってみましょう」

新吉が縁側に近づくと、牧右衛門や家来が深刻そうな顔で横たわる笠木嘉門を囲んでいた。

牧右衛門が新吉に気づき、立ち上がってやって来た。

「旦那《だんな》、いかがですか」

新吉がきくと、牧右衛門は表情を曇らせ、

「今、医者を呼びにやったが……」

と、首を横に振った。

「だめなのですか」

「おそらく」

「まあ」

お葉が絶句した。

笠木嘉門に付添っていたいかつい顔の三十半ばぐらいの侍がやってきた。

「そなたたち。ここで起こったことは他言してはならぬ」

厳しい顔で新吉とお葉に言う。

「矢は遠くからで、それほど深く突き刺さったとは思えなかったのですが」

新吉は不思議に思ってきいた。

「それほど深くはなかったが……」

侍は厳しい顔で続けた。

「矢の先に毒が塗ってあった」

「毒？」

「トリカブトだ」

「トリカブト……」

「最初の火事騒ぎは警護の侍を欺くために賊の仲間が仕組んだのだ。注意を引いておいて、もうひとりが吹き矢で……」

侍は忌ま忌ましげに言う。

「その仲間は？」

「逃げられた」

そこに吹き矢の賊を追っていた侍が戻ってきた。

「申し訳ございません、見失いました」

「どこに逃げた？」

「わかりません。大川に見当をつけたのですが……」

「誰か用人どのに知らせよ」

侍は怒ったように命じた。

「はっ」

ひとりの若い侍が会釈をして門に向かった。

やがて、医者がやってきた。新吉は廊下に上がり、座敷の敷居まで進んだ。覗《のぞ》き込むと、笠木嘉門の顔は土気色に変わっていた。医者に診せるまでもなく、居並ぶ者たちは死を認めていた。

医者が脈をとり、瞼《まぶた》の裏を見てから首を横に振った。牧右衛門が医者に金を握らせ何事か訴えた。おそらく、病死とするように頼んだのだろう。

（三郎太……）

新吉は呻《うめ》いた。難しいと思われたことが、こうもあっさり行なわれたことに驚きを禁じ得なかった。それ以上の驚きは、三郎太と仲間がうまく脱出したことだ。

いかつい顔の侍が新吉とお葉に、

「殿は病死だ。よいな」

と、再び強く念を押した。

風が出ていた。雲の流れが早い。新吉とお葉は『生駒屋』の寮を出た。他の芸者衆は早々と引き上げていた。

寮の周辺に扇太郎と伝八の姿はなかった。異変に気づいて、賊を追って行ったのか。

「まさか、こんなことになるなんて」

お葉が声を詰まらせた。

「笠木さまはどのようなお方でしたか」

新吉はきいた。

「私のことをなめまわすように見たり、落籍《ひか》したいとしつこくて、あまりいい印象はなかったけど、こんなことになるとお可哀そうで……」

沈んだ気持ちで、『桔梗家』に帰ってきた。

「お帰りなさい」

お琴が迎えた。

部屋に上がり、ふたりは隣の居間に行った。

お波が不審そうな顔で、

「どうしたんだい？　顔色が悪いよ」

と、お葉にきいた。

「笠木嘉門さまがお亡くなりになりました」

「えっ？」

お波が顔色を変えた。

「酒宴が終わって庭の散策をはじめたとき……」

新吉が経緯《いきさつ》を話した。

「でも、病死にするそうです。笠木嘉門さまの名誉のためでしょう」

「で、お葉はだいじょうぶだったのかえ」

「はい。だいじょうぶです」

お葉は言葉少なに答える。

「で、下手人は？」

お波は新吉に顔を向けた。

「逃げられました」

「そう」

格子戸が開いて、男の声がした。

お琴が応対に出た。

「新吉は来ているか」

あの声は岡っ引きの伝八だ。

「はい、少々お待ちください」

お琴が答える。

新吉はお波に会釈をして立ち上がった。

「これは梶井さまに伝八親分」

土間に立っているふたりに声をかける。

「寮で騒ぎがあったな」

扇太郎がきいた。

「やはり、笠木嘉門さまが襲われたのか」

「はい」

「俺たちも警戒していたが、三郎太が忍び込んだことにまったく気づかなかった。で、笠木さまに大事はなかったのか」

扇太郎は鋭い声できいた。

「お亡くなりになりました」

「なんだと」

「三郎太が吹き矢で。矢にトリカブトが塗ってあったそうです」

「……………」

「ただ、笠木さまは病死として始末をするそうです」

「接待を受けていて殺されたという不名誉は隠さねばならないのだろうが、殺しをこのまま捨ておくわけにはいかない」

扇太郎は憤然と言い、土間を出て行こうとした。

「梶井さま」

新吉は呼び止める。

「『生駒屋』の寮に行くつもりですか」

「そうだ。笠木さまの家来から話を聞けなくても『生駒屋』の牧右衛門からは事情を聞かねばならない」

扇太郎と伝八は土間から出て行った。

三郎太を阻止出来なかったことが、新吉は改めて自分の失態のように思えて胸が張り裂けそうになった。

第三章　偽り

一

翌朝、新吉は『生駒屋』の寮に行った。

牧右衛門は昨夜《ゆうべ》泊まったという。牧右衛門は新吉に会ってくれた。

「あれから笠木さまは？」

新吉はきいた。

「屋敷に運ばれた。まさか、あんなことになるとは……」

牧右衛門は顔を歪《ゆが》めた。

「賊はふたり。いったい、どうやってここに侵入したのでしょうか」

「前の夜から忍び込んでいたようだ。じつは笠木さまのご家来三人が前日に先乗して、警戒をしていた。それにも拘《かかわ》らず、侵入された」

牧右衛門はため息をつき、

「こんなことになるならお招きするのではなかった。無理にでも中止にすればよかったのだが、笠木さまはお葉を気に入ってどうしてもと」

「笠木さまの御家はどうなるのでしょうか」

「病死の届けを出し、息子が家督を継ぐことになる」

「そうですか。でも、旦那《だんな》もとんだ災難でしたね。せっかく、勘定奉行とお近づきになったというのに」

「わしより『奈良屋』のほうが落胆しているだろう」

「新しい勘定奉行はどなたに？」

「さあ、わしにはわからぬが、新しい奉行とまた一からはじめなければならないとはやっかいなことだ」

牧右衛門は苦い顔をした。

「賊がどこから入ってどこに潜んでいたのか調べたいのですが」

新吉が頼むと、牧右衛門は眉根《まゆね》を寄せて、

「それは困る」

と、拒んだ。

「忌まわしい出来事を早く忘れたいのだ」

「しかし」

「待て。昨日、あのあと南町同心の梶井さまと伝八という岡っ引きがやってきて、寮の中を調べていった」

「そうですか」

新吉は頷《うなず》いてからきいた。

「梶井さまは何かわかったのでしょうか」

「何もわからなかった。ただ、想像だけだ。前の日、つまり一昨日《おととい》の夜に忍び込んだのだろうと。しかし、どこから忍んだのかはわからないと言っていた。わしも前々日の夕方、ここにやって来て、笠木さまをお迎えする支度をしていたんだ。そして、さっきも言ったように、前日笠木さまのご家来三人も先乗りしてやって来た。三人は真夜中と明け方に見廻《みまわ》りをしていた。怪しいところは何もなかったそうだ」

「どこかにうまく隠れていたんですね」

「そうだ。ずいぶん辛抱強い男だ」

三郎太の執念を垣間《かいま》見ることが出来る。それだけ、内村源之助の仇《かたき》を討つという思いが強かったのだろう。

「庭だけでも見せていただくわけにはまいりませんか」

「梶井さまにきけばいいではないか。ずいぶん、しつこく調べていた。わしには話していないが、何か手掛かりを摑《つか》んでいるかもしれない」

「わかりました。そうします」

新吉は諦《あきら》めて引き上げた。

寮の門を出てから、新吉は塀に沿って裏に向かった。三郎太が乗り越えて逃げた塀の辺りにやってきた。

ここを乗り越えて三郎太は逃げたのだ。この先に長命寺がある。まず、長命寺の境内に逃げ込み、そこから墨堤通りに出たか。

昼間だ。逃げて行く三郎太を見ていた者がいてもおかしくない。長命寺の桜餅《さくらもち》を売っている店には客もいたはずだ。

だが、見ていたとしても何の意味もないことに気づいた。結局は三郎太が向島を離れたことを確認する手立てとなるに過ぎない。問題は向島からどこに逃げたかだ。

新吉は大川の水際まで行った。船を用意していて対岸の山谷、今戸、橋場辺りに渡ったのか。

仇敵《きゆうてき》笠木嘉門を斃《たお》すことが出来れば自分は殺されてもいい。三郎太は死を覚悟して復讐《ふくしゅう》に臨んだのだ。だが、幸いにも敵の陣地から逃げることが出来た。

この後、三郎太はどうするつもりか。自死をするか、それともこのまま逃亡を続けるか。

笠木嘉門の息子や家来は、仇を討とうとするはずだ。三郎太を捜し回るに違いない。

追われる暮し、他人の目を気にしながら生きていくことの辛さに耐えていかねばならない。

三郎太はそれでも生きていこうと決意したのか。

足元に波が打ち寄せた。波は新吉の足の指先にまで届きそうだった。新吉は後ろに下がった。

三郎太の企《たくら》みが見事に成功してみると、新吉は違和感を覚えた。そして、その違和感の正体が鮮明に脳裏に浮かんだ。

吹き矢だ。トリカブトまで手に入れている。新梅屋敷ではなぜ吹き矢を使わなかったのか。近づいて匕首《あいくち》で刺すより、吹き矢のほうがはるかに身の安全を保てるはずだ。

もっとも、新梅屋敷での失敗から吹き矢に戦術を変えたとも考えられるが……。

波打ち際を離れ、新吉は家に戻った。

格子戸を開けると、土間に扇太郎と伝八が立っていた。

「新吉、待たせてもらったぜ」

「へい」

新吉はふたりの脇をすり抜けて部屋に上がった。

扇太郎は上がり框《がまち》に腰を下ろした。

「じつは、今『生駒屋』の寮に行ってきたんです。庭を調べたかったんですが、『生駒屋』の旦那に断られました。早く、忘れたいからと」

新吉は顔をしかめ、

「三郎太がどうやって寮に侵入し、どこで一晩を過ごしたのか知りたいのだと言ったら、梶井さまに聞けばいいと」

「俺もわからない」

扇太郎は首を横に振り、

「想像だけで、どこでどうしてたのか痕跡《こんせき》は見つからなかった。ただ、下手人はわかっているのだ。三郎太だとな」

「ええ、あっしは見ました。吹き矢の男は三郎太でした」

「なぜ、笠木嘉門さまを襲ったのかもわかっている。内村源之助に罪をなすりつけて切腹に追い込んだのが笠木さまだと思い込んでいるからだ」

扇太郎は口にしてから、

「だから、三郎太を追えばいいだけの話だ」

「はい」

「だが、三郎太を見たのは新吉、そなただけなのだ」

「ええ」

新吉はおやっと思った、扇太郎は何を言いたいのか。

「梶井さま。あっしは三郎太と三度会っているんです。三度目が昨日ですが」

「別に、そなたが嘘をついていると思っているわけではない。ただ、そなた以外、誰も三郎太を見ていないのだ」

扇太郎は続ける。

「新梅屋敷ではそなたが三郎太を取り押さえて未遂で終わったが、このときも誰も三郎太を見ていない」

「…………」

「何が言いたいかわかるか」

「あっしの言葉だけで三郎太を下手人と決め付けられないというのですね」

「確かに、奉公先から突然いなくなったこと、前の主人内村源之助に忠義を尽くしていたことなどを考えれば、下手人は三郎太かもしれない」

「ええ。三郎太を制止出来なかったことが悔しいのです。三郎太をひと殺しにさせたくなかった……」

新吉は心情を吐露した。

「じつはな、新吉」

扇太郎が口調を変えた。

「昨日、『生駒屋』の寮に行ったとき、笠木さまのご家来がこう言ったんだ。殿は急病で亡くなられたと」

「笠木さまの名誉のためにもそうせざるを得なかったのでしょう」

「だから、吹き矢で殺されたこともみな否定している。笠木さまが殺されたと言っているのはそなたと『生駒屋』の牧右衛門だけだ」

「しかし、その場には向島の他の芸者もいました」

「会ってきた。吹き矢の賊を見ていないのだ」

「………」

　新吉は言葉を失った。

「つまり、殺しがあったことを笠木さまの家来衆はみな否定し、その他の者も吹き矢の賊を見ていないのだ」

「ようするに事件はなかったことに？」

　新吉は口元を歪《ゆが》めた。

「そういうことになる」

「それで、どうなるのですか」

「どうなるとは？」

「殺しをなかったことにして、何か問題は起きませんか」

「笠木さまの家来が殿は病死だと言っているんだ。それを信じるしかあるまい」

「違います」

「違う？」

「三郎太が捕まればお白州で笠木さまの悪事を訴えるでしょう。だから、三郎太が捕まっては困るのです」

「では、笠木家のほうは主人を殺されたというのに泣き寝入りをするというのか」

「いえ。泣き寝入りなどしません。笠木さまの家来衆はこれから三郎太を捜し回りますよ。仕返しのために。だから、町方の動きを止めようと病死だと言っているのです」

「……」

扇太郎は眉根《まゆね》を寄せた。

「梶井さま。三郎太を捕らえ、お白州ですべてを白状させるべきではありませんか。真実を明らかにすることこそ……」

「新吉」

扇太郎は厳しい顔で、

「今のはそなたの想像だけだ。殺しがあったという明確な証《あかし》がない以上、俺たちは動けない」

「そんな……」

新吉はため息をついた。

「武士絡みの事件はやっかいなのだ」

「そんなんでいいんですかえ」

新吉は咎《とが》めるように言う。

「おい、新吉。誰にものを言っているんだ」

伝八がいきり立った。

「おめえだけの話じゃ通用しねえって言っているんだ」

「親分さん」

新吉は冷静に切りだす。

「三郎太は笠木さまを襲い、うまく逃げることに成功した。でも、死ぬ覚悟だった三郎太がこのまま逃走を続けるとは思いません。まして、笠木さまの家来が付け狙っていると知ったら奉行所に自訴してくるかもしれませんぜ」

「ばかな、自訴など……」

伝八は吐き捨てる。

「三郎太が内村源之助さまの汚名をすすぐために、お白州で笠木さまの悪事を訴えることは十分に考えられます」

「………」

「三郎太が笠木さまを殺したと自訴してきたらどうするのですか。笠木さまは病死だからと三郎太の訴えを退けるのですか」

「新吉。おめえの勝手な想像に付き合うわけにはいかねえんだ」

「勝手な想像ではありません。ひょっとしたら、今日にも三郎太は自訴しているかもしれませんぜ」

「いいかげんにしねえか」

「伝八、よせ。もういい」

扇太郎は立ち上がり、

「いずれにしろ、殺された者がいなければ事件でもなんでもないんだ」

と言い、刀を腰に差した。

「梶井さま」

新吉は顔を上げ、

「御徒衆の堂本宇兵衛さまのお屋敷はどこでしょうか」

「御徒町《おかちまち》だと思うが、はっきりせぬ。田原町にある『多幸屋』という口入れ屋できくがいい」

「田原町の『多幸屋』ですね」

「そうだ。そなたは三郎太を捜すつもりか」

「はい」

「捜してどうするのだ？」

「自訴するように説きます」

「……」

扇太郎は無言で新吉をしばらく睨《にら》みつけていたが、やがて踵《きびす》を返し、外に出て行った。

新吉は思わず顔をさすった。扇太郎の意外な対応に困惑した。殺しだとわかっているはずだ。だが、笠木家のほうから病死だと言われて手が出せなくなったのか。三郎太は笠木嘉門を斃《たお》せば自分が殺されてもいいという覚悟をしていたのだ。だから、このまま逃亡を続けるとは思えない。

まさか、自害するとは思えないが……。

ふと、またもあることに思いが向かった。なぜ、新梅屋敷では吹き矢を使わなかったのか。

さっきも考えたように、新梅屋敷で失敗したから吹き矢攻撃に変えたのだろう。

だが、何か釈然としない。

ひょっとして、三郎太は笠木嘉門を斃し、自分も助かる道を選んだのではないか。

その結果、吹き矢を使うことにしたのでは……。

そうだとしたら、三郎太は自訴しまい。三郎太とて笠木嘉門の家来が仕返しを考えることぐらい想像するだろう。江戸を離れるか、それとも名を変えて江戸に留《とど》まるか。

なんとしてでも三郎太を捜し出さねばならないと、新吉は自分に言い聞かせた。

二

向島を離れて吾妻橋を渡りながら、扇太郎は胸に重たいものが張りついたような憂鬱《ゆううつ》な気分に襲われていた。

「そんなんでいいんですかえ」

新吉の言葉が何度も蘇《よみがえ》ってくる。三郎太が吹き矢を使って笠木嘉門を殺したと言っているのは新吉だけだ。

笠木嘉門は病死だと家来が言うのだ。病死なら下手人はいない。新吉の訴えを信じないわけではないが、新吉以外に誰も三郎太を見ていないのだ。

「旦那《だんな》」

橋の真ん中辺りにやってきて、伝八が口を開いた。ここまでずっと伝八も口をきかなかった。

「いったい新吉はなんであんなに我を張るんでしょうね」

「わからぬ」

「…………」

伝八はそれ以上、何も言わなかった。

しかし、伝八もまた新吉の訴えが気になってならないようだ。

「おとせの旦那のほうはどうだ？」

気持ちを切り換えるように、扇太郎はきいた。

おとせの旦那は大伝馬町にある木綿問屋『横田屋』の主人半左衛門だ。伝八は半左衛門から話を聞いてきた。

「半左衛門は冬吉のことを知りませんでした。嘘ではないようです。半左衛門が殺し屋を雇って冬吉を殺すことはなさそうです。同業者や奉公人にきいても、半左衛門は穏やかな人柄だそうです」

「半左衛門は嫌疑から外せるな」

念のために調べただけで、半左衛門の可能性はないと最初《はな》から思っていた。これで、ますます孝助とおよしに疑いが向くと、扇太郎は思った。

「やはり、疑わしいのは孝助とおよしですぜ。思い切ってしょびきますかえ」

伝八が過激に言う。

「何か決め手になる証《あかし》が必要だ。今のままでは、とぼけられたらおしまいだ」

「へえ」

「それに、『多幸屋』のことも気になる。初蔵、柿助、八郎の三人は冬吉を追っていたんだ。冬吉が殺されたのはその頃だ」

「へえ」

「『多幸屋』の佐太郎の様子も妙だ。三人は冬吉が五十両を盗んだと思い込んでいたと言い、佐太郎は一両だと言う」

「佐太郎が嘘をついているのかもしれませんね。冬吉殺しの疑いが向かないように」

「もしほんとうに五十両が盗まれたのだとしたら、三人が冬吉を殺して金を奪い返したということになる」

「そのほうがしっくりきますが」

田原町にある『多幸屋』にやって来た。

土間に入ると、帳場格子の中にいた番頭があわてて立ち上がって、近寄ってきた。

「主人の佐太郎は今出かけております。帰ってくるまであと半刻《はんとき》（一時間）はかかるかと思いますが」

番頭は窺《うかが》うような目を向けた。

「初蔵、柿助、八郎を呼んでもらいたい」

扇太郎が口を開く。

「まだ、何か」

「ただ、話を聞くだけだ」

「わかりました」

番頭は奥に向かった。

顔の長い初蔵だけがやってきた。

「柿助と八郎は出かけています」

番頭が言う。

「初蔵だけでいい」

扇太郎は言い、

「ちょっと外に出よう」

「へえ」

初蔵は警戒した。

「なにをしている、ついて来い」

伝八が強く言う。

渋々のように初蔵は土間を出た。

近くの空き地まで行った。

「もう一度きくが、おまえたちはなぜ、冬吉を追っていたんだ？」

扇太郎は初蔵を睨《にら》み据えた。

「五十両を取り返すためです」

「佐太郎は一両だと言っていたが？」

「へえ。あとで知って、もう追いかけるのをやめました」

初蔵は目を逸《そ》らして答える。

「しかし、冬吉が殺されたのは、おまえたちが長屋に押しかけた時期と重なる」

「この前も言いましたが、偶然です。あっしらは冬吉を見つけられなかったんです」

「冬吉を捜していたのは一日だけか」

「いえ、長屋に押しかけたのは一度だけですが、捜し回ったのは三日間です」

「なぜ、三日で諦《あきら》めた？」

「三日目に、旦那がもういいと。五十両を取り返さなくていいんですかときいたら盗まれたのは一両だと言うんで」

「なぜ最初、佐太郎は五十両だと言ったのだ？」

「そのほうがあっしらが必死に捜すと思ったんじゃないですか」

「ほんとうに金のことだったのか」

扇太郎が鋭くきいた。

「どういうことですか」

「佐太郎は金以外の理由で冬吉を追わせたのではないか」

「そんなんじゃありません」

初蔵は微《かす》かにうろたえたようだ。

「おい、初蔵。正直に答えたほうが身のためだ」

伝八が威《おど》した。

「へえ」

初蔵は身を竦《すく》めた。

「佐太郎から何と言われたのだ？」

扇太郎が初蔵を問いつめる。

「ですから、冬吉から五十両を取り返してこいと……」

「取り返すだけか。ほんとうは痛めつけてこいと言われたのではないのか」

「とんでもない」

初蔵はうろたえた。

「おい、初蔵。正直に言わないと、大番屋でじっくり話をきくことになるぜ」

また、伝八が威した。

「へえ」

「佐太郎は何か隠している。おまえはそのことを知っているのではないか」

扇太郎は迫った。

「いえ、知りません」

初蔵は首を激しく横に振った。

「仕方ない。とりあえず、自身番で改めてきくことにしよう。ついてこい」

扇太郎は歩きだした。

「待ってくれ」

初蔵はあわてて、

「ほんとうだ。あっしらは冬吉に会っていないんだ。だから、殺すはずがない。信じてくれ」

「正直に答えない者の言葉が信じられるはずない。佐太郎やおまえたちは何か隠している。そんなんで信じられるか」

扇太郎は叱りつけた。

「さあ、来い」

伝八が初蔵の腕をつかんだ。

「お内儀《かみ》さんです」

初蔵が口走るように言った。

「お内儀がどうかしたのか」

「冬吉とお内儀さんが出来ていたんです」

「内儀はいくつだ？」

「二十七歳です。後添いですから。小間物屋の商売で来るうちに、冬吉はお内儀さんと」

「それは間違いないのか」

「ええ。それで旦那《だんな》が怒って、冬吉を俺の前に連れて来いと」

「じゃあ、なぜすぐに捜すのをやめたのだ？」

「ふたりが出来ていたのが誤解だったとわかったからです」

「誤解？　実際に誤解だったのか」

「へえ、そうだと思います。でも、お内儀さんはひと月の間、一歩も外に出ていません」

「佐太郎が冬吉と会えないように閉じ込めていたのではないか」

「そうだと思います」

「今も内儀は閉じ込められているのか」

「いえ、冬吉が死んでいたことがわかって、やっと外に出られるようになったんです」

初蔵は声を潜めて話す。

「内儀の名は？」

「お静《しず》さんです」

「よし、わかった。もう行っていい」

「旦那、親分さん。このことはあっしが言ったとは？」

初蔵は拝むように手を合わせた。

「心配するな」

「へい」

初蔵は逃げるように走っていった。

扇太郎と伝八は初蔵のあとを追うように『多幸屋』に行った。

土間に入り、再び番頭に声をかける。

「旦那はまだですが」

番頭が眉根《まゆね》を寄せて言う。

「内儀を呼んでもらいたい」

「お内儀さんが何か」

番頭が困惑ぎみに言う。

「話を聞くだけだ」

「わかりました」

番頭はそそくさと長暖簾《のれん》を掻《か》き分けて奥に向かった。

しばらくして、二十七、八のうりざね顔でうなじが透き通るように白く色香の漂う女が長暖簾を掻き分けて出てきた。

「内儀か」

扇太郎は上がり框《がまち》まで進む。

「はい。静です」

「少し聞きたいことがある。ここじゃないほうがいいだろう。外に出られるか」

「よろしければ、お上がりください」

「よし」

扇太郎は腰の刀を外して右手に持ち替え、伝八とともに座敷に上がった。

お静はふたりを客間に通した。

向かい合ってからさっそく切りだす。

「小間物屋の冬吉を知っているな」

「はい」

「ひと月余り前に殺されていた」

「そうですってね」

お静はあまり気持ちを乱さない。

「ひと月前に、佐太郎に命じられて初蔵、柿助、八郎の三人が下谷車坂町の長屋まで冬吉を捜しに行っている。知っているか」

「はい」

「なぜ、佐太郎はそんな真似をしたのか」

「それは……」

お静は俯《うつむ》いた。

が、すぐ顔を上げて言った。

「私と冬吉さんの仲を誤解して……」

「誤解？　冬吉とはいい仲にはなっていなかったと言うのか」

「そうです」

「だが、佐太郎はふたりが出来ていると誤解したのか」

「そうです」

「それにしても、なぜ佐太郎は誤解をしたのだ？　誤解を与えるような何かがあったのではないのか」

「はい。じつは一度……」

お静が言いよどんだ。

「一度、過ちを犯したか」

扇太郎は先回りをしてきいた。

「はい」

お静は小さく頷《うなず》いた。

「それから、冬吉さんは私にしつこく近づくようになっていったのです。奉公人の目にもおかしく見えたのでしょう、それがうちのひとの耳にも入って」

「佐太郎は冬吉をつかまえてなにをしようとしたのだ？」

「私に近づかないように言い含めるためだと思います」

「佐太郎はそなたに対しては？」

「私の気持ちが冬吉さんに傾いたわけではないと知ってから冷静になりました。でも、このひと月、外出を制限されました。私が外で冬吉さんと会うかもしれないという疑いが消えなかったのでしょう」

「一歩も外に出られなかったのか」

「はい」

「で、今は？」

「冬吉さんが死んだことがわかってからようやく外出を許されるようになりました」

「そうか。冬吉が死んだあとにか……」

やはり、佐太郎は冬吉の死には関わっていないのか。冬吉が死んだことを知っていたら、お静を家に閉じ込めておく必要はない。

「旦那《だんな》。冬吉さんを殺したのはうちのひとじゃありませんよ」

「最近まで、冬吉が死んだことを知らなかったようだな」

「ええ」

お静は含み笑いをした。

冬吉といい仲だったら、もっと深刻そうな暗い表情をしているであろう。冬吉が死んだ悲しみを隠して平静を装っているという印象はない。お静はいたって冷静だった。

そのとき、廊下に足音がして障子の向こうで女中の声がした。

「お内儀《かみ》さん。旦那さまがお帰りになりました」

「ちょうどよい。ここに呼んでもらおう」

扇太郎はお静に声をかけた。

「わかりました」

お静は応じてから立ち上がり、障子を開けて女中に何か囁《ささや》いた。

女中が去ってから、お静は元の場所に戻った。

「今、参ります」

「うむ」

扇太郎は頷く。

廊下に足音が近づいてきて、部屋の前で止まった。

「失礼します」

　障子が開いて、佐太郎が入ってきた。

「帰ったばかりですまないが、話を聞かせてもらいたい」

　お静の横に座った佐太郎に言う。

「はい」

「内儀はもうよい」

「そうですか」

　佐太郎と顔を見合わせて、お静は立ち上がった。

　お静が出て行ってから、扇太郎は切りだした。

「そなたはお静と冬吉の仲を疑っていたそうだな」

「お静が話しましたか」

　佐太郎は顔をしかめた。

「五十両を取り返すだの、ほんとうは一両だっただの、どうも腑《ふ》に落ちない話でな。それで、お静を問い質《ただ》したのだ」

　初蔵の名は出さなかった。

「仰《おっしゃ》るとおりでございます。女房のことが理由だとは恥を晒《さら》すようで気が引け、つい金の話に……」

佐太郎は認めた。

「そなたは、お静と冬吉が出来ていると思っていたのだな」

「小間物屋ですから昼間に勝手口から入ってくるのはいいのですが、いつも私の留守を狙って、冬吉はやってきているような気がしていたんです。それで、奉公人に見張らせたら、ふたりはただならぬ間柄のようだと。それで、冬吉を問いつめたのです。とぼけていましたが、かなりうろたえていました。だから、二度とお静にちょっかいをかけるなと言いました。でも、その後もお静に会いにきたと聞き、初蔵たちに冬吉を私の前に連れてくるように命じたのです。でも、それきり冬吉の行方はわかりませんでした」

「そなたが初蔵たちに冬吉を始末するように命じたのではないのだな」

「とんでもない。私はいつまた冬吉がお静を誘惑しにくるのではないかと気が気ではなく、お静を外出させないようにしたんです」

「お静は冬吉が勝手に一方的に近寄ってくるだけで気持ちは冬吉にはなかったと言っていたが？」

「さあ、どうでしょうか」

「違うのか」

「確かに、お静はそんなことを言ってましたが」

佐太郎は顔を歪《ゆが》めた。

「お静と冬吉は好き合っていたと、思っていたのか」

「ええ。じつは冬吉とお静は以前からの知り合いだったんです」

「知り合い？」

「ええ。子どものころは同じ長屋で暮らしていたんです。だから、てっきり……」

「なるほど」

お静はそのことを言わなかった。話す必要はないと思ったのだろうか。

「冬吉の亡骸《なきがら》が見つかったと知って、お静の様子はどうであった？　取り乱したか」

「いえ、普段とまったく変わりませんでした」

「冬吉にそれほどの思いを抱いていたわけではなさそうではないか」

「まあ、そうですが」

佐太郎は苦笑した。

「そなたはお静に惚《ほ》れているようだな。後添いだそうだが？」

「はい。料理屋で働いていた女です」

「先妻はどうしたのだ？」

「別れました。いろいろあって」

「そうか。よけいなことをきいた。邪魔をした」

扇太郎は腰を上げた。

「私の疑いは晴れたのでしょうか」

「うむ。疑問は解けた」

そう言ったあとで、扇太郎は思いだして、

「内村家が断絶したあと、御《お》徒《かち》衆の堂本宇兵衛さまの屋敷に中間《ちゅうげん》として奉公した三郎太という男がいたな」

「はい」

「三郎太のことを調べている男がいる。向島の新吉という男だ。その男が堂本宇兵衛さまの屋敷の場所を知りたがっている。もし、ここにやってきたら教えてやってもらいたい」

「向島の新吉さんですね。わかりました」

「頼んだ」

扇太郎は『多幸屋』を出たあと、思わず呟《つぶや》いた。

「どうやら、俺は新吉に負い目を感じているようだ」

「箱屋の言うことなど気にすることはありませんよ」

伝八はそう言ったが、その表情は曇っていた。伝八も気にかかっているようだった。

三

翌日の朝、新吉は大伝馬町にやってきた。多くのひとが行き交う中、新吉は木綿問屋『生駒屋』の大きな屋根看板を見つけた。

間口は広く、店座敷にはたくさんの客がいて奉公人が相手をしていた。その中に牧右衛門がいた。武家の妻女らしい婦人の接客をしていた。

「いらっしゃいまし」

手代ふうの男が声をかけてきた。

「すみません。あっしはご主人の牧右衛門さんにお会いしにきたものです」

「あなたさまは？」

「向島の新吉と申します」

新吉が答えたとき、客の相手をしていた牧右衛門が顔をこっちに向けた。

新吉は会釈をした。牧右衛門が客に声をかけて立ち上がり、こっちに近づいてきた。手代に婦人客の相手をするように言ってから、

「新吉さんじゃないか」

「へい。すみません、お店にまで押しかけて」

「それはいいが、何かあったのか」

「いえ。ただ、その後の笠木嘉門さまの御家のほうはいかがでしょうか」

「昨日、葬儀が終わった」

「ご家来衆の動きは？」

「殺気だっていた。仇《かたき》を討つつもりだ」

「病死として届けているので奉行所は下手人を捜そうとしません。でも、このままでは新たな犠牲者が……」

三郎太は剣術の心得があり、また吹き矢の術《じゅつ》にも長《た》けている。笠木嘉門の家来もかなり苦戦するのではないか。

それ以前に、三郎太を見つけることが出来るか。

「奉行所に任せようとは思わないのでしょうか」

「警護の侍は自分たちの失態だと思っている。よけいに、下手人に対する怒りは強

い」

「そうですか」

「おまえさんももうこのことは早く忘れることだ」

「……」

「そうだ。二、三日のうちに向島に行くつもりだ。料理屋だ。お葉にもいやな思いを味わわせてしまった、その詫《わ》びもかねてな」

「わかりました」

新吉は牧右衛門に挨拶《あいさつ》をして『生駒屋』をあとにした。

大伝馬町から蔵前を経て田原町にやってきた。

口入れ屋の『多幸屋』はすぐわかった。暖簾《のれん》を掻《か》き分けて土間に入る。帳場格子の中に番頭ふうの男がいた。

新吉はそばに行き、

「すみません。ちょっとお伺いしたいのですが」

と、声をかけた。

「どのようなことですか」

「こちらで三郎太というひとに御徒《おかち》衆の堂本宇兵衛さまの屋敷奉公を世話したと聞きました。三郎太さんのことを知りたいのです。堂本宇兵衛さまの屋敷の場所を教えていただけないでしょうか」

「失礼ですが、おまえさまは？」

「あっしは向島の新吉と申します」

「新吉さんですか。少々お待ちください」

番頭は立ち上がって奥に入って行った。

しばらくして四十前後の鼻の大きな男が現われた。

「向島の新吉さんですね」

「そうです」

新吉は相手の態度を奇妙に思いながら応じた。

「私は主人の佐太郎です。じつは南町の梶井さまから新吉さんが訪ねてきたら教えてやってくれと言われています」

「梶井さまが？」

「はい。堂本宇兵衛さまの屋敷は御徒町の忍川の近くです。その辺りできけばすぐわかりましょう」

「わかりました」

「三郎太はひと月以上も前にやめていますよ」

「はい。存じています。今、どこにいるのか手掛かりでも摑《つか》めればと思いまして。おそらく、何もわからないと思いますが。ありがとうございました」

新吉が踵《きびす》を返そうとしたとき、番頭があっと声を上げた。

「どうしたんだ？」

佐太郎が不思議そうにきいた。新吉も番頭の顔を見つめた。

「思いだしました。もうふた月ぐらい前になりますが」

番頭が口を開いた。

「ひとりの男がやってきて、三郎太がどこにいるかときいたのです。前の屋敷で中間をしているときいっしょだったと言っていました」

「前の屋敷？」

「おそらく内村源之助さまのお屋敷でしょう。だから、御徒衆の堂本宇兵衛さまの屋敷だとお教えしました」

「昔の仲間が三郎太に会いに行っているんですね」

笠木嘉門への復讐《ふくしゅう》の相談か。その後、三郎太は行方を晦《くら》ましているのだ。

「どんな感じの男でしたか」

「顔はよく覚えていませんが、三十歳ぐらいで、肩幅の広いがっしりした体の男でした」

「そうですか」

三郎太に似た体つきの男のようだ。そう思ったとき、新吉はふと不安を覚えた。

「三郎太はどんな感じでしたか」

「細身の鋭い顔つきでしたね」

番頭が答える。

「細身？」

新吉は耳を疑った。

「がっしりした体つきではないのですか」

「いえ、細身でしたよ」

佐太郎も言う。

「ほんとうですか」

新吉は戸惑った。

三郎太は内村源之助の屋敷で中間《ちゅうげん》をしていた男とふたりで怨《うら》みを晴らしたとい

うことか。新吉の目の前に現われたのは三郎太でなく、中間をしていた男のようだ。三囲稲荷社の境内に現われた男がなぜ三郎太と名乗ったのかわからないが、笠木嘉門暗殺の企《たくら》みはふたりで行なわれていたのだ。いや、もうひとりいる。祠《ほこら》の背後の暗がりから出てきた覆面をした侍だ。あの侍も内村源之助と何らかのつながりがあるのだろう。つまり、笠木嘉門暗殺の企みは三人で実行に移されたことになる。

その中で主に動き回っていたのは三郎太と名乗ったがっしりした体の男だ。本物の三郎太は新吉の前に現われていない。

新吉は礼を言って『多幸屋』を去り、東本願寺のほうに足を向けた。

東本願寺を過ぎて新堀川にかかる菊屋橋を渡り、稲荷町を経て上野山下から御徒町に向かった。

忍川に出た。小橋を渡り、御徒衆の組屋敷にやってきた。途中、すれ違った何人かに訊《たず》ね、ようやく堂本宇兵衛の屋敷を探り当てた。

門番がいないので黙って木戸門を入り、新吉は門の脇にある中間部屋に向かった。小肥《こぶと》りの中間が傘張りの内職をしていた。

「ごめんください」

新吉が声をかけると中間は胡乱《うろん》な目を向けた。

「なんでえ」

中間がきいた。

「じつはひと月以上前にこちらに奉公していた三郎太さんのことで」

「三郎太はいきなりいなくなった」

「そうですってね。なぜ、いなくなったのかわかりませんか」

「わかるはずねえ。あの男、口数が少なかったからな」

「三郎太さんがいなくなる前に三十歳ぐらいの肩幅の広いがっしりした体の男が三郎太さんを訪ねてきたはずなんですが」

「ああ、来た」

中間はあっさり言う。

「なんていう名かわかりませんか」

「わからねえ」

中間は傘張りをしながら答える。

「三郎太さんにどんな用だったのでしょうか」

「さあ、ひそひそ話していたから聞えなかった」

「三郎太さんはその男を知っていたんですかえ」

「いや、知らない男だと言っていた」

「前に奉公していたときの朋輩《ほうばい》ではなかったのでしょうか」

「いや、そうじゃねえ」

「そうですか。じゃあ、誰なんでしょうか」

「男が帰ったあと、三郎太はずいぶん不快そうな顔をしていた」

「不快そうな顔？」

「そうだ。わけはきかなかったがね」

「男はその後もやって来たのですか」

「二度来たかな」

「三郎太さんが行方を晦ましたことにその男が関わっているんでしょうか」

「そうかもしれねえが、はっきりしたことはわからねえ」

「三郎太さんが以前どこのお屋敷に奉公していたかご存じですか」

「いや、知らねえ。自分のことはあまりしゃべらなかったからな」

「そうですか」

　新吉は念のためにきいた。

「三郎太さんはどんな体つきでしたか」

「なんでえ、おめえさんは三郎太を知らないのか」

「へえ」

「あいつは細身だった」

「そうですか、細身でしたか」

もはや間違いない。新吉の前に現われた男は三郎太ではない。三郎太を訪ねてきた男だ。三郎太は知らなかったのだから内村源之助の奉公人ではないようだ。

新吉は礼を言って引き上げた。

来た道を戻りながら、新吉は三郎太と名乗った男との出会いを思い返した。男と最初に会ったのは新梅屋敷の植込みの中だ。

二度目は三囲稲荷社の境内。男のほうから現われた。名を問うたときに、三郎太と名乗ったのだ。そして、三度目が『生駒屋』の寮だ。男は吹き矢で笠木嘉門を殺した。

この一連の動きの中に本物の三郎太は現われていない。三郎太は陰にいるのか。

しかし、中間の話では三郎太はその男のことを歓迎していないようだったという。

ひょっとして、三郎太は内村源之助のための復讐など考えていなかったのではないか。

その男が三郎太にいっしょに仇《かたき》を討とうと持ち掛けてきた。だが、三郎太は断った。それで、男はひとりで実行に移した。

その流れの中で、新吉に名を問われ、とっさに三郎太の名を口にした。

新吉はそう考えたが、吾妻橋を渡り、川風を受けながら、新たな疑問を持った。男はなぜ、三郎太に声をかけたのか。

そもそも、男は内村源之助とどういう関係なのか。内村源之助と繋《つな》がりがあるのに、どうして三郎太は男のことを知らなかったのか。

新吉は吾妻橋を渡り、三囲稲荷社の前までやってきた。

つい誘われるように境内に入り、社殿に向かう。途中、社殿の陰に背の高い細身の男が立っているのが見えた。三十歳ぐらいだ。

新吉に気づくと男はその場を離れて行った。

新吉は社殿に手を合わせた。願うのはお葉のことだ。どうぞ、お葉をお守りくださいと新吉は心の内で呟《つぶや》く。

社殿から離れ、新吉は恵比須《えびす》・大黒天が祀《まつ》ってある祠《ほこら》のほうに行く。

小さな祠の前に立ち、新吉はまたも三郎太に思いを馳《は》せた。

三郎太と名乗った男はここで笠木嘉門への怨《うら》みを口にした。だが、自分の気持ちを吐露したのではない。三郎太として喋《しゃべ》っていたのだ。

あの男は何者なのか。三郎太が雇った殺し屋か。その男がはじめて現われたときは三郎太は歓迎していないようだったという。

何度か会ううちに、三郎太は心を許すようになったのか。

背後で足音がした。鳥居をくぐって女が小走りでやってきた。色っぽい二十七、八の女だ。社殿の陰からさっきの男が出てきた。

女はその男のところに駆けた。背の高い細身の男と色っぽい女がふたり社殿に向かった。新吉が気になったのは、人目を避けているような様子のせいだ。

ふたりともはじめて見る顔だ。やがて、男と女は鳥居を出て行った。ふたりで料理屋に上がるのだろうか。

まさか、心中をするわけではあるまいと思いながら、新吉はふたりのあとをつけた。

畑の中の道を通り、ふたりは秋葉神社の裏手を過ぎ、小さな川の近くにある百姓家に入って行った。

取り越し苦労だったと苦笑し、新吉はいったん自分の家に戻った。

夕方になって、新吉は着替えをして『桔梗家』に行った。

土間に入って迎えに出たお琴に、

「きょうはすまなかったな」

と、新吉は礼を言う。

昼間のお葉の座敷は新吉に代わってお琴が三味線を運んだのだ。

「いいんですよ」

お琴は微笑んで言い、流し目をくれた。

新吉は目を逸《そ》らすように部屋に上がり、隣の居間に行った。

「お波姐《ねえ》さん、我がまま言いましてすみませんでした」

「用は済んだのかい」

「へえ、まあ」

新吉は曖昧《あいまい》に答える。

二階から浴衣《ゆかた》姿のお葉が下りてきた。

「新さん。来ていたのね」

「すみません。勝手して」

「いいのさ」

お葉は新吉の近くに腰を下ろし、

「お琴ちゃん。熱いお茶をちょうだいな」

「はい」

「新さんは？」

「へえ、いただきます」

「今日のお客さんは梅のご隠居だったの」

「佐原鞠塢さまですか」

新吉が確かめる。

「ええ。新さんのこととても褒めていたわ」

「あら、新さん。鞠塢さまとお会いしたことがあるの？」

お波がきいた。

「へえ。じつは鞠塢さまが向島に七福神を作った話をお聞きしたくて……」

「新さん、そんなものに興味があるのかえ」

「風流人の心に触れたいと思いましてね。風流を解するお方はなかなかひとの器が大きいと勉強になりました」

うふっとお葉が笑った。

新吉は訝《いぶか》ってお葉の顔を見る。

「新さん、どうぞ」

お琴が膝《ひざ》の前に湯呑《ゆの》みを置いた。

「すまねえ」

新吉は湯呑みを掴《つか》み、茶をすすってから、

「お葉姐さん、何かおかしいですかえ」

と、きいた。

「ええ、だって」

お葉も一口茶を飲んでから、

「鞠塢さまも新さんのことをなかなかひとの器が大きく勉強になったと仰《おっしゃ》ったんですもの。ふたりがまったく同じことを言うなんて」

「そんなに七福神の話は奥が深いのかえ」

お波が不思議そうに言った。

茶を飲み終え、隣の部屋でお葉が座敷着に着替えるのを手伝い、最後に帯の結び目をぐいと締め上げる。座敷着の裾《すそ》には萩の花がちりばめられている。このような模様の座敷着は吉原芸者しか使えないが、唯一お葉だけは許されているのだ。

「じゃあ、行ってきます」

左手で着物の褄《つま》をとり、お葉が土間に下りると、お波が縁起棚から火打ち石をとってお葉の肩先で鳴らした。

四

浅草阿部川町の孝助の長屋で待っていると、ようやく孝助が帰ってきた。すっかり、辺りは暗くなっていた。

孝助が腰高障子を開けたとき、扇太郎と伝八は近づいた。

はっとして孝助は振り返った。

「孝助、今夜はおよしと会ってこなかったのか」

伝八が言う。

「…………」

孝助は俯《うつむ》いた。

「ここじゃ話も出来ねえな。ちょっと場所を変えねえか」

「わかりました。荷物を置いてきます」

孝助は荷を部屋に置いて出てきた。

「じゃあ、行こうか」

逃げられないように、伝八は孝助のそばにくっついて歩く。

孝助はいきなり足を止めた。

「親分さん、まさか自身番に？」

「自身番ならゆっくりおめえの言い訳もきける」

「そんな。あっしは何もしちゃいません」

「だったら、そんなに怯《おび》えることはあるまい」

「怯えてはいません。ただ、あっしは自身番に連れて行かれるようなことはしてはいないんです」

「それはどうかな」

伝八は孝助に顔を近づけ、

「冬吉がいなくなれば、おめえはおよしといっしょになれる。そう思って冬吉を殺したと考えると、一番筋が通るんだ」

「親分さん。あっしが冬吉を殺したというはっきりした証《あかし》があるんですかえ」

孝助が反撃した。

「孝助」

扇太郎が前に出て、

「おめえは橋場の冬吉の得意先を自分のものにしたな」

と、きいた。

「それは……」

「冬吉が行方知れずになったので、これからは自分が顔を出すのでよろしくと妾宅《しょうたく》に住むおとせに言ったそうではないか。つまり、冬吉がもう帰ってこないことを知っていたのだ。違うか」

「…………」

「詳しい話は自身番で聞こう」

伝八は孝助の腕を摑み、強引に近くの自身番に連れて行った。

自身番の奥の三畳の板敷きに孝助を座らせ、扇太郎と伝八は目の前に腰を下ろした。

「孝助、おまえはおよしといい仲になっていた。冬吉さえいなくなれば、およしといっしょになれる。それで、冬吉が橋場の得意先に行ったときを待ち伏せて真崎稲荷に誘い込んで……」

「違います」

「じゃあ、なぜ冬吉がもう帰ってこないことがわかっていたのだ？」

「…………」

「申し開きがあるなら言ってみろ」

伝八が語気を強めた。

「冬吉さんからいつも言われていたんです。俺に何かあったら、およしと得意先のほうを頼むと」

孝助が顔を上げて言った。

「俺に何かあったらだと？　冬吉がどうしてそんなことを言うのだ？」

扇太郎は鋭くきいた。

「何か危ないことをしていたのかもしれません」

「危ないこととはなんだ？」

「わかりません。命を狙われるようなことだと思います」

「いいかげんなことを言うな」

伝八が怒鳴った。

「ほんとうです」

孝助は真剣な眼差《まなざ》しで、

「確かに、あっしはおよしさんを好いていました。でも冬吉さんはおよしさんに冷たかった。だから、およしさんをいつもなぐさめていて」

「次第にいい仲になったのか」

「はい。そのことは冬吉さんも知っていました」

「冬吉はおめえたちの仲を認めていたっていうのか」

伝八が呆《あき》れたように言う。

「はい」

「自分の女房が他の男と出来て、それを許すような男がどこにいるんだ」

「ほんとうです」

「ばかばかしい」

伝八は吐き捨てる。

「たぶん、冬吉さんには……」

「冬吉にはなんだ？」

「好いた女がいたんです」

「好いた女だと？」

「はい。だから、あっしらのことは渡りに舟だったんです。でも、その女に手を出すことは危険だとわかっていたんだと思います。だから、俺に万が一のことがあればと……」

「冬吉の好いた女とは誰だ？」

「知りません」

「孝助」

扇太郎は鋭い声をかける。

「今の話に偽りはないな」

「ありません」

扇太郎は孝助の顔を見つめ、

「孝助。すべて話しているのか」

と、さらに問いつめる。

「話しています」

「何か隠していることはないか」

「…………」

「どうなんだ？」

「ありません」

孝助は微《かす》かに目を逸《そ》らした。

「冬吉の好いた女をほんとうに知らないのか」

「聞いてません」

「孝助、俺の顔を見て答えろ」

扇太郎は迫る。

「冬吉の女は『多幸屋』の内儀のお静ではないのか」

「……わかりません」

孝助の声が掠《かす》れた。

「そなた、およしといっしょになるのか」

「そのつもりです」

孝助は認めた。

「よし、わかった。帰っていい」

「えっ、旦那《だんな》」

伝八が驚いて顔を向けた。

「いい」

「でも」

「孝助は逃げはしない。逃げたら、自分の罪を認めたも同然になるからな。帰してやれ」

「わかりました」

「孝助、おめえは何か俺たちにまだ話していないことがあるはずだ。誰に何のために気兼ねしているのだ。およしと話し合い、すべて話すかどうか決めるのだ。よいな」

扇太郎の声を、孝助は俯《うつむ》いてきいていた。

翌日、扇太郎は『多幸屋』を訪れ、客間で佐太郎と会った。

「また確かめたいのだが」

扇太郎は切りだす。

「そなたは、お静と冬吉が出来ていると思っていたんだな」

「ええ、まあ」

佐太郎は渋い顔をした。

「お静は尻軽《しりがる》か」

「いえ、そうではありません。ただ、冬吉とは以前からの知り合いなので」

「ふたりの関係に気づいて、そなたはお静を問いつめた」

「問いつめたというより、お静のほうから冬吉に言い寄られて困っていると口にしたんです。それで、冬吉にお静に近づくなと約束させようとしたのです」

「だが、冬吉は姿を晦《くら》ましたあとだったのだな」

「はい、さようで」

「そなた、ほんとうに冬吉に怒りはなかったのか」

「もちろんです」

「お静の言い分を信用したのか」

「そうです」

「佐太郎。ほんとうはどうなんだ？」

「なにがですかえ」

「ほんとうは冬吉とお静は出来ていた。嫉妬《しっと》に狂ったそなたは冬吉を始末しようとしたんじゃないのか」

「とんでもない」

「殺さないまでも、もう二度と歩き回れないようにしてやれと……」

「旦那。冬吉を殺《や》ったのは私じゃありませんぜ」

「じゃあ、誰が殺ったというんだ？」

「知りません」

佐太郎は首を横に振り、

「お静は冬吉とはなんともなかったんだ。冬吉が死んだと知ったときも様子は普段と変わらなかった。深い仲だったら、お静は嘆き悲しんだはずです」

「冷静だったというのか」

「そうです」

「それに、もし私が冬吉を殺したのなら、お静だって私を疑うはずです。冬吉がいなくなったあともお静に変わった様子はありませんでした」

「冬吉がいなくなったあとも、お静に変わったことはほんとうになかったのか」

「外で会うかもしれないので、外出を禁じました。そのことでの不満はもらしましたが、それだけです」

「今は、お静は外出出来るようになったのか」

「冬吉が死んだということを聞いて、許すようになりました。私が冬吉を殺したのなら、お静の外出を禁じる必要はありません」

「そうか」

扇太郎は唸《うな》った。

「旦那。わかっていただけましたかえ」

佐太郎は口元を歪《ゆが》めてきく。

「とりあえずはな」

「冗談じゃありませんぜ。これ以上、疑われてはうんざりですぜ。お静だって、私が殺ったなんて思っていないんですからね」

「うむ」

どうもわからぬ、と扇太郎は吐息を漏らした。

「また、寄らせてもらう」

そう言い、腰を上げたとき、

「そうそう、旦那。向島の新吉という男が三郎太のことでやってきました。堂本宇兵衛さまの屋敷の場所を教えました」

と、佐太郎が思いだしたように言い添えた。

「やはり、来たか」

扇太郎の胸に微かに苦いものが広がった。

「そのついでに、前の屋敷でいっしょだったという男が三郎太の新しい奉公先をききに来た話をしたら、ずいぶんその男のことを気にしていましたぜ」

「前の屋敷でいっしょだった男？」

「ええ」

「新吉はどんな反応だった？」

「その男の特徴をきいてきました。三十歳ぐらいで、肩幅の広いがっしりした体の男だと話したら、三郎太はどんな感じだったかと」

「三郎太のことをきいた？」

扇太郎は妙に思った。新吉は三郎太には会っているのだ。今さら、きくことはないと思うが……。

「ええ。細身の鋭い顔つきだと言うと、がっしりした体つきではないのかときき返してきました」

「なんだと」

新吉が会った三郎太はがっしりした体つきだったのではないか。だが、実際の三郎太は細身だった。新吉はどう思ったのか。

「三郎太はそなたの世話で堂本宇兵衛さまの屋敷奉公が決まったのだな。一年近く前のことだ」

「そうです」

「三郎太は何度かここに顔を出しているな」

「へえ、奉公先が決まるまで何度か」

「冬吉と三郎太は顔を合わせたことはあるか」

「冬吉と三郎太ですかえ」

佐太郎は首をひねり、

「三郎太は店に顔を出しますが、冬吉は勝手口から入ります。顔を合わせたかどうかわかりませんね」

「わかった」

「旦那《だんな》。三郎太と冬吉が何か関係があるんですかえ」

「いや、ただきいてみただけだ」

扇太郎は言い、客間を出た。


扇太郎は東本願寺の境内に着いた。涼しい風が心地よいが、扇太郎はそのことを感じるゆとりをなくしていた。

三郎太の新しい奉公先をききにきた男とは何者なのか。

それより、扇太郎が気になったのは冬吉と三郎太の繋《つな》がりだ。

前の屋敷でいっしょだったという男は三郎太とともに内村源之助の仇《かたき》を討とうと笠木嘉門の暗殺を企てた。ふたりは同じ仲間だ。

冬吉は偶然に笠木嘉門暗殺の企《たくら》みを知ったために、口封じに遭ったのではないか。そうだとしたら冬吉を殺した下手人は三郎太と昔の仲間。

扇太郎が厳しい顔でその可能性を考えていると、伝八と手下ふたりが山門を入ってきた。扇太郎の立っている植込みの前にまっすぐやってきた。

「旦那」

伝八が会釈をし、

「近所の者や同業者から話を聞いてきましたが、お静はそんな尻軽《しりがる》な女ではないということです」

「冬吉以外に親しい間柄の男はいないようです」

「そうか」

「ただ、最近は外出することが多いとのこと」

「どこに行っているのだ？」

「最近は待乳山聖天《まっちゃましょうでん》にお参りに行くようです」

「待乳山聖天か。ひとりでか」

「女中といっしょのようです」

「そうか」

「旦那のほうは何かありましたかえ」

「佐太郎から妙なことを聞いた」

「妙なことですかえ」

「新吉が三郎太のことで『多幸屋』にやってきた。それはいいのだが、前の屋敷でいっしょだったという男が三郎太のことで『多幸屋』を訪れたらしい」

そのことを、扇太郎は伝八に話し、

「冬吉と三郎太がどこかで繋がっているような気がしてならないのだ。冬吉が殺されたのも、笠木嘉門暗殺の企みと関わっているかもしれぬ」

「旦那は、やはり笠木嘉門は殺されたと？」

「新吉が嘘をつくはずはないからな」

扇太郎は続けて、

「それより、新吉が会った男は本物の三郎太ではないようなのだ」

そのことも話した。

「妙ですね」

伝八は眉根《まゆね》を寄せた。

「これから向島に」

「わかりました」

伝八は手下に引き続きお静のことを調べるように命じ、扇太郎のあとについてきた。

五

昼前に、新吉は『武蔵屋』にお葉を送り届けた。御座敷で一刻《いっとき》（二時間）ほど過ごす。その間に、新吉は長命寺近くにある『生駒屋』の寮を訪ねた。

寮番の年寄りが出てきて、

「旦那はきょうの夕方にならないとここには来ないが」

と、言った。

「そうですか。お願いがあるのですが」

「なんだね」

「ちょっとだけでいいんです。お庭を拝見出来ないかと思いまして」

「庭を？」

寮番は訝《いぶか》しそうな顔をした。

「池の周辺だけでいいんです」

「なにするんだね」

「いえ、ちょっと」

新吉は曖昧《あいまい》に言う。

「わかった。あまり長くは困る」

「へえ、すぐ終わります」

新吉は寮番の許しを得て、庭木戸を入って、池のほうに向かった。

池の辺《ほとり》に立つ。あのとき、笠木嘉門が立っていたのと同じところだ。それから、塀のほうに向かう。小高い丘になっている。植込みを搔《か》き分ける。三郎太が吹き矢を吹いた場所まで行った。そこに立ち、樹の陰から池のほうを見る。ここからなら標的がよく見えた。

新吉は何かが脳裏に閃《ひらめ》きかかったが、寮番が呼んでいるので考えを中断した。

新吉は寮番のもとに行った。

「番頭の茂太さんがお見えになったんだ」

「茂太さん、もういらっしゃったんですか」

「一足先にやってきたそうだ」

「わかりました。すぐ、行きます」

新吉は名残り惜しく植込みのほうを振り返ってから寮番のあとを追った。

庭木戸を出たところで、きりりとした顔立ちの茂太が待っていた。

「新吉さん、どうかなさったのですか」

茂太がきいた。

「いえ、ちょっと」

新吉は曖昧に答えてから、

「茂太さん。あのときのことですが」

と、口を開いた。

「あのとき？」

「笠木さまが池のそばでお倒れになったときです」

笠木嘉門は病死ということになっているので、新吉は吹き矢が刺さったことは口にしなかった。

「あのとき、母家の裏手のほうで白い煙が上がり、『火事だ。曲者《くせもの》が火を放った』という叫び声が聞えました」

「ああ、あれですか」

茂太は眉《まゆ》をひそめた。

「何だったのですか」

「あれは何者かが火を放ったのです。下男が見ていて叫んだのですが、賊は騒ぎに紛れて消えてしまいました」

「賊が侵入したのですね」

「ええ。でも、笠木さまのご家来が殿は病死だと強く言うもので、その話はなかったことに」

「やはり、そうでしたか」

「うちの旦那《だんな》も、笠木さまが自分の寮で殺されたとなると、世間の聞えも悪いし、調べのために奉行所のひとたちが入れ代わり寮に入ってくることになります。それで、笠木さまのご家来の言うとおりにすることにしたのです」

「そうだったのですか」

「ひょっとして、新吉さんはそのことで庭を?」

　茂太がきいた。

「じつは、あっしは大きな間違いをしていたようなんです」

「間違い？」

「笠木さまを吹き矢で殺した男はどうやら三郎太ではないようなんです」

「どういうことですか」

　茂太は訝しげにきいた。

「自分で三郎太と名乗っていましたが、内村源之助さまの若党の三郎太とは別人のようです。三郎太が雇った殺し屋ということも考えられますが」

「殺し屋なら雇い主の名など出さないと思います」

「そうですね。いずれにしろ、内村源之助さまに縁のある者だと思いますが」

「でも、この件は笠木さまのお屋敷に任せたほうがいいんじゃありませんか。奉行所も関わっていないのです。へたに関わって身に危険が及ぶことになっても……」

「そうですね」

「今夜、うちの旦那が『桜家』に上がり、お葉姐《ねえ》さんを呼ぶことになっています」

「ええ、聞いています」

「怖い目に遭わせた詫《わ》びを言いたいと申していました」

「そうですか。では、あっしはこれで」

新吉は茂太に挨拶《あいさつ》をし、『生駒屋』の寮から引き上げた。

迎えまでまだ間があるので、『桔梗家』に帰ることにした。『武蔵屋』からはそれほど離れていなかった。

『桔梗家』の格子戸に手をかけたとき、土間にひとの気配がした。来客のようだ。

新吉は戸を開けた。土間にふたりの男が立っていた。

「梶井さまに親分」

扇太郎と伝八だった。

「おう、ちょうどよかった」

伝八が言い、

「今、おめえの家からここに来たところだ」

「さいですか」

「新吉、外に出よう」

扇太郎が外に出た。

上がり框《がまち》にいたお琴に目で挨拶をして、新吉は扇太郎と伝八に続いた。

少し行けば、秋葉神社の参道に出る。三人は鳥居をくぐり、人気のない場所で立ち止まった。

「『多幸屋』の佐太郎から聞いたが、そなたは三郎太の特徴が細身の鋭い顔つきだと聞いて、がっしりした体つきではないのかとき返したそうだな」

「へい」

「前の屋敷でいっしょだったという男が三郎太のことでやって来た。その男が肩幅の広いがっしりした体の男だった」

「あっしが会ったのは肩幅の広いがっしりした体の男でした。三郎太と名乗ったので、てっきりそうだと思い込んでいましたが、違ったようです」

新吉は忌ま忌ましげに答える。

「でも、梶井さまはなぜ、三郎太のことを？」

「じつは、半月ほど前に、橋場の真崎稲荷の裏で死後ひと月ほど経った死体が見つかったんだ。殺されて土に埋められていたのを野犬が掘り起こしたようだ」

扇太郎は続ける。

「身許《みもと》はすぐわかった。死体の見つかるひと月前から行方知れずになっていた小間物屋の冬吉という男だ。まだ、下手人がわからない。怪しい者は何人かいたが、どれも決め手に欠けた。そんな中で三郎太のことに注意がいったんだ」

「三郎太と冬吉に何か関係が？」

「『多幸屋』だ。冬吉は商売で『多幸屋』に出入りをしていた。じつは冬吉は内儀のお静といい仲になっていたらしい。それで、嫉妬《しっと》した佐太郎が手下に冬吉を殺させたのではないかと睨《にら》んだのだがどうやら違うようだ。そこで浮かんだのが三郎太と冬吉に何らかの接点があるのではないかということだ」

「なるほど」

新吉は頷《うなず》いた。

「冬吉が三郎太たちの企《たくら》みを知ってしまった。その口封じに殺されたというわけですね」

「そのことは十分に考えられるのではないか」

「ええ」

細かい点はわからないが、その可能性もないとは言えない。

「梶井さまは笠木さまが殺されたということをお認めになるのですね」

「うむ」

扇太郎は渋い顔をした。

「それにしても」

と、伝八が口を開いた。

「笠木さまを殺した下手人がどこの誰かはわからないとなると、探索は難しいな。おめえも本物の三郎太と会ったことはないのだからな」

「へえ。ですが、笠木さまに怨《うら》みを持つ者でしょうから内村源之助さまの近くにいた者に違いありません」

新吉は扇太郎に顔を向け、

「梶井さま。内村源之助さまの身内などを調べていただけませんか。冬吉殺しの探索のために」

「そうだな。また、御徒目付の藤原左門どのにお縋《すが》りしてみよう」

扇太郎は請け合ったあとで、

「笠木さまの家来の動きはどうなっているのだ？　三郎太や仲間の動きも摑《つか》んでいるかもしれない。『生駒屋』の牧右衛門なら、その辺りのことをきくことが出来るのではないか。牧右衛門に確かめてみたらどうだ」

「そうですね。今度、きいてみます」

「何かあったら、また来る」

扇太郎はそう言い、伝八と共に境内を出て行った。

新吉は『武蔵屋』に急いだ。

『武蔵屋』から『桔梗家』に帰ってきた。

お葉は帯を解いた。

「ああ、楽になった」

お葉は襦袢《じゅばん》姿になって言う。

「だいぶ呑《の》まされたようですね」

「しつこい旦那《だんな》よ」

「どちらでしたっけ？」

「米沢町の薬種問屋の旦那。いつもは柳橋で遊んでいるそうだけどはじめて向島に来たと言っていたわ」

お葉は襦袢のままで居間に腰を下ろし、お琴に茶をいれさせた。

「ひょっとして美代次姐《ねえ》さんの客では？」

新吉はきいた。

「そうらしいわ。最近、美代次姐さんは悪酔いするので遠ざかっていると言っていたわ。だから、今度は美代次姐さんを連れてきてちょうだいって頼んだの」

「美代次さん、荒れているそうだね」

お波が口を入れた。

「ええ、そうなの。ちょっと前までは天下をとっていた美代次姐さんが……」

お葉は急にしんみりした。

「姐さん、今夜は『生駒屋』の旦那ですね」

新吉は美代次の話題を逸《そ》らすように口をはさんだ。

柳橋では、夢吉という若い芸者が台頭してきて、美代次を凌《しの》ぐ売れっ子になっているらしい。美代次が荒れている理由は夢吉にあるようだ。

お葉もあと数年もしたら、美代次と同じような状況に追いやられるかもしれない。

そんなことを考える必要はないと思うのだが……。

「連れは木場の旦那だそうよ」

お波が言う。

「木場の？　ひょっとして、『奈良屋』ですかえ」

「あら、新さん。『奈良屋』さんを知っているのかえ」

「いえ、『生駒屋』の旦那から聞いたのですが、両方のお内儀《かみ》さんは姉妹だそうです」

「あら、そうなの」

お波が驚いて言う。

「そういう縁で、『生駒屋』の旦那が勘定奉行の笠木さまを接待していたんです。それが突然の不幸で」

新吉は言葉を切って、すぐ続けた。

「『生駒屋』の旦那は先日の騒ぎで、お葉姐さんにお詫《わ》びをしたいと仰《おつしや》っていました」

「旦那のせいじゃないんだから。それは驚いたけど」

お葉が眉根《まゆね》を寄せて言う。

「でも、『生駒屋』の旦那も『奈良屋』の旦那も、目論見《もくろみ》が大きく外れてしまったわね。また、新たな勘定奉行と繋《つな》ぎをつけなくてはならないんでしょう。それも一から」

お波が同情するように言う。

部屋の中が薄暗くなってきた。お琴が行灯《あんどん》に火を入れた。仄《ほの》かな明かりがお葉の暗い顔を浮かび上がらせた。

「姐さん、どうかなさったんですか」

「美代次姐さんのことを思いだして」

お葉が消え入りそうな声で言う。

「だって、御座敷で、私と芸で張り合ったり、とても強いお方という印象だったのに。いくら夢吉さんのような生きがいい芸妓《げいぎ》が出てきたといっても、まだまだ美代次姐さんは負けはしないわ」

「きっと恋煩いですよ」

お琴が口を出した。

「恋煩い？　どうしてそう思うんだい」

お波がきく。

「だって、美代次姐さんは新さんに……」

お琴はあわてて口を押さえた。

「お琴、どういうことだえ」

お波が驚いたような目を向けた。

「いえ、ただ、そんな噂を聞いただけです」

「噂って、どんな噂なんだね？」

「お琴さん、あっしと美代次姐さんには何もありませんぜ。きっと誰かが面白おかしく話を作ったんでしょう」

「ええ。そうかも」

お琴はあっさり答えてから、

「お葉姐さん、そろそろ支度を」

と、口にする。

明らかに話を逸らしたようだ。

お琴は誰から噂を聞いたのか。向島で美代次の噂をする者がいるだろうか。いたとしても、お琴になぜそのような話をするのか。

柳橋の者に聞いたとしても、なぜお琴が柳橋の者と……。

お波に見送られて、新吉とお葉は『桔梗家』を出て、土手のほうに向かった。

「お琴ちゃん、誰に聞いたのかしら」

お葉が呟《つぶや》く。

「何をですか？」

「美代次姐さんの恋煩いよ」

「へえ、変な噂があるとしたら、こっちもいい迷惑です」

新吉は困惑して言う。

「そうね」

お葉はそれ以上何も言わなかった。

『桜家』にお葉を送り届けて引き上げようとしたとき、女将《おかみ》が新吉を引き止めた。

「じつは、『生駒屋』の旦那が新さんにも顔を出してもらいたいそうなんだよ」

「お座敷にですかえ」

「ええ」

「箱屋が客前にしゃしゃり出ることは出来ません。どうか、お断りを」

「『奈良屋』の旦那に引き合わせたいそうなの」

「あっしに『奈良屋』の旦那を？」

笠木嘉門の件に絡んでのことで、何か思惑があるのだろうか。見当はつかなかった。

「わかりました。御座敷がお開きになったあと、お見送りいたします。そのときに」

「そうお伝えしておくわ」

女将は微笑んだ。

その後、いったん『桔梗家』に帰り、一刻《いっとき》（二時間）近く経って、『桜家』に戻った。

しばらくして、女将がやってきた。

「新さん、これから三囲稲荷社に行くからそこに来てくれないかと」

「わかりました」

「じゃあ、頼みましたよ」

女将が座敷に戻ると、入れ代わってお葉がやってきた。

「これから三囲稲荷社に。そこで新さんを『奈良屋』の旦那《だんな》に引き合わせたいそうよ」

「ええ。女将さんから伺いました」

「じゃあ、あとで」

お葉は言い、座敷に戻った。

新吉は一足先に三囲稲荷社に行った。五つ半（午後九時）近くになる。境内はひっそりとし、夜風が冷たかった。

新吉が本殿の脇に立ってほどなく、ひとの話し声が聞えてきた。『生駒屋』の牧右衛門と同じ年配の男がお葉と並んで、鳥居をくぐってきた。その背後に、番頭ふうの男がついてきた。

新吉は端に避《よ》け、牧右衛門たちの参拝が済むのを待った。

本殿前から牧右衛門が新吉のほうにやってきた。

「新吉さん、こちらが材木問屋の『奈良屋』の主人彦兵衛《ひこべえ》だ」

牧右衛門はいきなり隣にいる男を紹介した。

「『奈良屋』の彦兵衛です」

「箱屋の新吉です」

「この度は、おまえさんにも迷惑をおかけしました」

彦兵衛は口を開いた。

「じつは牧右衛門さんは私のために笠木嘉門さまを接待なさっていたのです。そこに、とんだ闖入《ちんにゅう》者が現われたそうで……」

「いえ、あっしのほうはたいしたことではありません。それより、せっかく笠木さまとお近づきになれたところなのに……」

「ええ、そのことを思うと地団太を踏む思いです。運がなかったというしかありません」

彦兵衛が言ったあとで、

「牧右衛門さんに御迷惑をかけたと聞き、一言お詫《わ》びを申さなければと思っていたのです。これで少しはすっきりしました」

彦兵衛は笑みを漏らした。

「わざわざ恐れ入ります」

新吉は頭を下げた。

さっきから番頭ふうの男が新吉に鋭い目を向けている。新吉がその男に顔を向けると、あわてて目を逸らした。

「あのお方は？」

新吉は小声できく。

「佐平《さへい》といいます。番頭です。なにか」

「いえ」

新吉は首を横に振る。

「じゃあ、そろそろ行くか」

牧右衛門が声をかけた。

「あっ、旦那」

新吉は声をかけた。

「笠木さまのご家来衆の動きをご存じでいらっしゃいますか」

「家来衆の動き？」

「はい。笠木さまを殺した下手人を捜しているはずです。三郎太やその仲間を突き止めたかどうか」

「笠木さまの葬儀以来、お会いしていません。どうなっているのかわかりません」

「そうですか」

「では」

牧右衛門は彦兵衛を促す。

土手から川っぷちに向かう。渡し場に、猪牙船《ちょきぶね》が停まっていた。

『奈良屋』の彦兵衛と番頭の佐平が乗りこんだ。船頭が棹《さお》を使い、船を岸から離した。

「旦那。あの佐平という番頭はいつも彦兵衛さんについてくるのですか」

船を見送りながら、新吉はきいた。

「力が強いので、用心棒代わりでもあるようだ」

「なるほど、どうりで」

「どうりでとは？」

「鋭い目つきでしたので」

「一度、彦兵衛はならず者に襲われたことがあったそうだ。それから、あの男を連れている」

彦兵衛と佐平を乗せた船はすでに吾妻橋の下に差しかかっていた。

第四章　向島の寮

一

扇太郎と伝八は田原町の『多幸屋』を訪ね、初蔵を呼んでもらった。土間で待っていると、顔の長い初蔵と小《こ》肥《ぶと》りの八郎が出てきた。

「まだあっしらに疑いがかかっているんですかえ」

初蔵が不満そうに言う。

「旦那《だんな》、あっしらはほんとうにやってませんぜ」

八郎も訴えるように言う。

「心配するな。そのことではない」

扇太郎は言ってから、

「御《お》徒《かち》衆の堂本宇兵衛さまの屋敷に奉公した三郎太という男を知っているな」

「三郎太ですかえ。ええ、知っています」

答えたのは八郎だ。

「三郎太と冬吉に繋《つな》がりがあったかどうか気づかなかったか」

「さあ」

ふたりとも首をひねった。

そこに、眉《まゆ》の太い柿助が土間に入ってきた。扇太郎と伝八に気づいて、ぎょっとしたように立ち止まった。

「まだ、あっしらに疑いが……」

柿助は茫然《ぼうぜん》として言う。

「心配するな」

扇太郎は苦笑した。

「三郎太と冬吉に繋がりがあったかどうかお訊《たず》ねだ」

初蔵が柿助に説明する。

「繋がりって、ふたりが知り合いかどうかってことですか」

柿助は確かめる。

「そうだ」

「ふたりは知り合いですぜ」

「どうしてわかるのだ」

「去年、冬吉と三郎太がこの前で立ち話をしているのを見かけましたから」

「ほんとうか」

「ええ。三郎太が奉公先を探しにここにやってきたときでしょう。どういうきっかけでかわかりませんが、親しく話し合っていました」

「よく覚えていたな」

「へえ。でも、それがどうかしたんですかえ。あっ、まさか」

柿助が短く叫ぶ。

「なんでえ、どうした？」

初蔵が眉根《まゆね》を寄せた。

「三郎太が奉公先からいなくなったのは冬吉が姿を消した頃だ」

「なんだと。じゃあ、三郎太が冬吉を……」

伝八が興奮して言う。

「待て。先走るんじゃねえ」

扇太郎がたしなめ、

「冬吉と三郎太がこの前で立ち話をしていたのは事実なのだな」

「間違いありませんぜ」

柿助は声に力を込めて言ったあとで、またあっと思いだしたように叫んだ。

「そうだ。もしかしたら、冬吉は三郎太の奉公先に小間物を売りに行っていたんじゃないですかえ」

「どうして、そう思うんだ？」

「ふたりが話している脇を通ったとき、あんなことになって俺も得意先を失ったと冬吉が言っていたんです」

「内村源之助の屋敷も、冬吉の得意先だったか」

「そうだと思います」

「うむ。おまえの言うとおりかもしれぬ」

扇太郎は大きく頷《うなず》いた。

「邪魔をした」

扇太郎と伝八は『多幸屋』を出た。

得意先のことを孝助に確かめたいが、今は商売に出ているはずだ。夜まで待たねばならない。

「旦那、お静ですぜ」

お静が出かけていくところだった。

「ずいぶんめかし込んでいるようですぜ」

「どこに行くのか、あとをつけよう」

お静は雷門前を過ぎ、吾妻橋の手前を左に折れた。花川戸を過ぎて今戸方面に向かう。

ときたま背後を振り向く。そのたびに物陰やひとの背中に隠れた。

待乳山聖天を過ぎて山谷堀にやってきた。

「おや、向島に渡るのか」

お静は竹屋の渡し場に向かった。

伝八が舌打ちした。

「船に乗られたらもう尾行出来ませんぜ」

危《き》惧《ぐ》したとおり、お静は渡し船に乗りこんだ。指をくわえて見送るしかなかった。

やがて、ほぼいっぱいの客を乗せて船は岸を離れた。

「ひとりで向島に遊びに行くんでしょうか」

「ひょっとしたら、向こうで誰かと待ち合わせているのかもしれない」

「新しい間夫《まぶ》ですかえ」

「やはり、あの女は尻軽《しりがる》なのかもしれぬ」

「どうしますかえ。相手を突き止めますかえ」

「まさかとは思うが……」

まさか、相手が三郎太ということはあるまいと思いながら、その考えが頭から離れなかった。

「よし、次の船に乗ろう」

「へい」

四《し》半刻《はんとき》（三十分）あとの渡し船に乗って、三囲稲荷社の前にある船着場に着いた。

ふたりは土手に上がった。三囲稲荷社の境内を見、牛御前《うしのごぜん》社、長命寺を調べ、それから新梅屋敷に向かった。

入口で立ち止まり、

「ふたりでは目立つ。伝八、見てきてくれ」

「へい」

尻《しり》端折《はしょ》りを解いて、伝八は中に入って行った。

少し離れた場所から、扇太郎は出入口を見た。何人かの女の出入りはあったが、お静ではなかった。

四半刻近く経って、伝八が出てきた。

扇太郎は近づいた。

「いなかったか」

顔つきでわかる。

「いませんでした」

伝八が口元を歪《ゆが》めながら、

「こうなれば、船着場で帰りを待ちましょう。相手は船を見送るんじゃありませんか。船着場で待てば、相手を確かめることが出来ますぜ」

「うむ。半刻（一時間）ということはあるまい。一刻（二時間）か。それ以上かかれば、家に帰るのが遅くなる」

「旦那《だんな》。あっしが見張っています」

「いや。俺も待とう」

扇太郎は三囲稲荷社のほうに足を向けた。

船着場を見通せる場所に立ち、桟橋に目を向けていた。山谷堀からの渡し船が着き、また新たな客を乗せて出て行く。

陽が傾きだした。まだ、お静の姿は目に入らない。

この地は名高い料理屋も多く、老若男女が多く訪れる。渡し船を利用する者も多い。中には駕籠《かご》で来るものもいる。

さっきも駕籠が通って行った。しばらくして、駕籠が源森橋《げんもりばし》のほうに走って行った。さっきの駕籠のようだ。

辺りが薄暗くなってきた。お静が渡し船に乗って一刻は経っている。

「変ですね。もう戻ってきてもいいように思えますが」

伝八が呟《つぶや》く。

「まさか」

扇太郎は目を剝《む》いた。

「駕籠だ」

「駕籠？」

「お静は駕籠で帰ったのかもしれない」

「さっきの駕籠、女が乗っていたようです。まさか」

「ともかく引き上げだ」

扇太郎と伝八は水戸家下屋敷の前を過ぎ、源森橋を渡り、吾妻橋に差しかかった。

「つけていることに気づかれたのでしょうか」

「いや、そんなはずはない。たまたま客が下りた駕籠があったので乗りこんだのではないか」

吾妻橋を渡り、雷門前を過ぎて田原町にある『多幸屋』の前にやって来た。

番頭が暖簾《のれん》を仕舞おうとしていた。

「確かめてきます」

伝八は番頭に近付き、声をかけた。

番頭の返事を聞き、伝八は戻ってきた。

「帰っているそうです」

「そうか」

「どうしますか」

「いい、孝助のところに行ってみよう」

ふたりは新堀川を渡って、阿部川町の孝助の長屋に行った。

長屋木戸を入り、孝助の家に行くと、すでに帰っていた。が、土間を出て行くところだった。

「また、出かけるのか」

「はい。まだ何か」

孝助は眉根《まゆね》を寄せて言う。

「冬吉のことで、ききたいことがある」

扇太郎が言う。

「冬吉は手を出すと身に危険が及ぶ女といい仲になったという話だったな」

「ええ」

「俺はてっきり『多幸屋』の内儀ではないかと思った。だが、内儀にきいても、冬吉との関係をあっさり否定した。冬吉が死んでも嘆き悲しむこともなかったようだ。どうも、冬吉と関係はなさそうだ」

「…………」

「もっとも、冬吉とは遊びだったから死んでも悲しみがなかったとも考えられるが。あの内儀には他にも男がいるようなのでな」

「…………」

孝助は何か言いたそうに口を開きかけたが、言葉にはならなかった。

「聞きたいのはそのことではない」

扇太郎は一呼吸置いて、

「冬吉から三郎太という男のことを聞いたことはないか」

「三郎太……」

「聞いたか」

「はっきりしませんが、聞いたことがあるような気がします」

「どうして、その名が出たのか、覚えているか」

「さあ」

「冬吉の得意先に御《お》徒《かち》衆の堂本宇兵衛さまの屋敷はあったか」

考えているのか、孝助は俯《うつむ》いた。

「どうだ？」

「お屋敷の名前はわかりませんが、御徒町の武家屋敷にも顔を出していると言っていました。そのとき、三郎太という名を口にしていたような気もします」

「なぜ、そんな話をしたのだ？」

「確か」

孝助はこめかみに指を当て、

「取りつぶしになった得意先で奉公していた男と別の屋敷で会ったという話をしていました」

「なるほど」

内村源之助と堂本宇兵衛の屋敷を指しているようだ。

「そなたは、そこには行かないのか」

「へえ。あっしはお侍さんのところが苦手でして。奥様やご新造さんがなかなか気位が高いので……」

「それで、引き継がなかったのか」

「そうです」

孝助は答えてから、

「三郎太という男が冬吉さんのことに関わっているんでしょうか」

「前にも言ったが、考えられることはなんでも当たっていくのだ。わかった。邪魔をした。これから出かけるのか」

「へい」

「およしのところだな」

「………」

「冬吉はもういないのだ。誰に遠慮することがある。堂々と行けばいい」

「ありがとうございます」

孝助は頭を下げた。

扇太郎と伝八は御徒町に向かった。すっかり、辺りは暗くなっていた。

辻《つじ》番所で聞き、忍川の傍にある堂本宇兵衛の屋敷に着いた。

木戸門を入り、扇太郎が玄関に向かおうとしたとき、中間《ちゆうげん》部屋から中間が出てきたところだった。

「旦那《だんな》さまでございますか」

中間がきいた。

「拙者は南町同心の梶井扇太郎と申す。行方がわからなくなった三郎太が帰ってきたかどうか知りたいのだが」

「三郎太はあれきり帰ってきません」

「そうか。ところで、この屋敷に小間物屋の冬吉という男が来ていなかったか」

「ええ、来てました」

「三郎太と顔見知りではなかったか」

「そうです。前の奉公先でよく顔を合わせていたと、三郎太は言っていました」

「それを確かめたかったのだ。すまなかった」

扇太郎は礼を言い、木戸門を出た。

「どういうことでしょうか」

伝八は昂《たかぶ》っていた。

「新吉に三郎太と名乗った男だ。その男が冬吉を……」

ようやく何かが見えてきたと、扇太郎は思った。

二

朝餉《あさげ》を食べ終えたとき、戸が開いて、扇太郎と伝八が土間に入ってきた。

「朝早く、すまねえな」

伝八が声をかけた。

「今、片づけますんで」

新吉は椀《わん》や皿を流しに片づけてから、上がり框《がまち》の手前に腰を下ろした。

扇太郎が立ったまま口を開いた。

「じつは小間物屋の冬吉と三郎太が顔見知りだったことがわかったんだ」

「ふたりには関係があったんですね」

新吉は確かめた。

「そうだ。冬吉は堂本宇兵衛さまの屋敷に商売で出入りをしていた。内村源之助の屋敷にも出入りをしていたようだ」

扇太郎は詳しく話してから、

「つまり、こういうことだ。がっしりした体の男は、三郎太に笠木嘉門を暗殺する企《たくら》みを持ち掛けたのだ。この密談を冬吉は聞いてしまった。それで、口封じに殺された」

「そうですね」

新吉は首をひねった。

「どうした？　今の説明では合点《がてん》がいかないのか」

扇太郎は不満そうにきいた。

「確かに、梶井さまの仰《おっしゃ》るとおりだと思います。ですが、何か釈然としないのです」

「何がだ？」

「がっしりした体の男はなぜ、三郎太と名乗ったのでしょうか」

「それは三郎太が一番内村源之助の怨《うら》みを晴らしたいと思っていたからだろう」

「そうでしょうか」

新吉は異を唱えた。

「三郎太はほんとうに仇討ちを考えていたのでしょうか。確かに、笠木さまを恨んでいたかもしれません。でも、ほんとうに仇討ちをするつもりだったら、新たに奉公するでしょうか」

「それは生きていくためには働かねばならぬではないか」

「そうだとしても、無断で奉公先からいなくなるのは腑《ふ》に落ちないのです。それに、偽の三郎太が現われてから仇討ちに突き進んでいったようです。おそらく、その男が暗殺を持ち掛けたのでしょう。でも、三郎太はその男に会った後不快そうだったらしいのです。三郎太には仇討ちをするつもりがあったようには思えないのです」

「…………」

「それに、不思議なのはまったく三郎太は姿を見せていないのです。偽三郎太は本物の三郎太抜きで暗殺を実行したのではないでしょうか」

「三郎太はたまたま陰に隠れていただけで、暗殺には加わっていたのではないのか」

扇太郎が言い返した。

「そうでしょうか」

新吉は首を横に振った。

「それなら、なぜ、がっしりした体の男は三郎太と名乗ったのでしょうか」

「そのことに大きな意味があるのか」

「あるはずです。そもそも、相手はあっしに名乗る必要などなかった。そのために、あっしは三郎太を捜した。ところが、あっしは偽者を追っていたんです」

「何が言いたいのだ？」

扇太郎は焦《じ》れたようにきく。

「まだ考えがまとまっていません。はっきりしていることは、あっしは本体ではなく影を追っていたということです」

「影……」

「何か思い違いがあるのではないでしょうか」

「思い違い……」

「正しくは思い違いをさせられていたということです」

「……………」

扇太郎はふいに考え込んだ。

「もしかして」

扇太郎は目を見開いた。

「旦那、なんですね」

伝八が驚いてきく。

「いや、こっちも確かめてからだ。新吉、また来る」

扇太郎は土間を飛び出し、伝八もあとを追った。

偽三郎太が本物の三郎太に笠木嘉門を暗殺する企みを持ち掛けたのだ。この密談を聞いてしまった冬吉を口封じに殺したという扇太郎の考えを受け入れることは出来なかった。

三郎太に仇討ちをする気持ちがあったとは思えないのだ。逆に口封じをしなければならないのは暗殺に乗り気にならなかった三郎太のほうだ。
その恐れから三郎太は姿を晦《くら》ましたか。いや、偽三郎太は本物の口を封じたのだ。その現場を見られ、冬吉も殺した……。そのほうが筋が通る。

新吉は着替えてから家を出て、水戸家下屋敷の裏手にある茂助の家に行った。

とっつあんと声をかけ、新吉は戸を開けた。

「とっつあん」

茂助は部屋にいなかった。裏にまわると、茂助は褌《ふんどし》や股引《ももひ》きを干していた。

新吉が声をかける。

「おう、新さんか」

「今日は忙しいかい」

「いや。舟か」

「ああ。これから、木場に行きたい」

「いいぜ」

茂助はあっさり請け合った。

四《し》半刻《はんとき》（三十分）後には、新吉は大川の波の上にいた。吾妻橋をくぐる。

西から黒い雲が流れてくる。

「雨になりそうだぜ」

櫓《ろ》を漕《こ》ぎながら、茂助が言う。

「川の上は肌寒いな」

新吉が迫ってくる両国橋を目に入れながら言う。

「季節の移ろいは早いものだ。来月の中秋の名月には新梅屋敷で月見の会が催されるようだ。お葉姐《ねえ》さんも呼ばれているんだろう」

「いや、どうかな。句会だったら呼ばれないと思うが」

「どっちみち、俺には縁のない話だ」

両国橋をくぐり、新大橋《しんおおはし》を過ぎてから船は岸に寄って行く。そして、油堀《あぶらぼり》に入って行くと、やがて富岡八幡宮《とみがおかはちまんぐう》の裏を通って三十三間堂《さんじゅうさんげんどう》の近くまでやってきた。

その近くにある桟橋に舟がついた。

「四半刻ぐらいで戻る」

新吉はそう言い、陸に上がった。

三十三間堂の前を過ぎ、入船町《いりふねちょう》に入る。そのまま突き進むと、堀に丸太が筏《いかだ》を組んで浮かんでいて、あちこちに材木置き場が見えてきた。

先日、訪れた『秋田屋』の前を通り、ようやく『奈良屋』が見えてきた。

屋号の入った半纏《はんてん》を着た男に声をかけた。

「おそれいります。番頭の佐平さんにお会いしたいのですが」

「お間違いではありませんか。佐平という番頭はおりませんが」

男は答える。

「こちらは『奈良屋』さんですよね」

「ええ」

「ご主人は彦兵衛さんでは？」

「そうですが」

「佐平さんは大柄で力が強いということでした」

「木場にはそのような男はたくさんいます。おまえさんは？」

「いえ、あっしの勘違いのようです」

新吉はそそくさと挨拶《あいさつ》をして引き上げた。

材木問屋の『秋田屋』の前に差しかかると、先日の番頭がいたので声をかけた。

「先日、勘定奉行さまの件でやってきた者です」

「ああ、向島の新吉さん」

「へえ」

「旦那《だんな》なら出かけています」

「いえ、ちょっとお訊《たず》ねしたいのですが、『奈良屋』さんに佐平という番頭さんはいらっしゃいますか」

「佐平？　そんな名の番頭はいませんよ」

「いない？」

「ええ、聞いたことがありません」

「『奈良屋』の旦那は用心棒を雇っているんでしょうか」

「用心棒ですって。そんなもの、必要ないでしょう」

「わかりました」

新吉は礼を言い、その場を離れた。

佐平という男は『奈良屋』の番頭ではなかった。鋭い眼光に身のこなし。武道の心得があると睨《にら》んだ。新吉はただの番頭だとは思わなかった。

やはり、思ったとおりだ。番頭でなければ、何者か。『秋田屋』の番頭は否定したが、牧右衛門が言うように用心棒なのか。

しかし、用心棒を料理屋の座敷に上げるだろうか。

新吉は船着場に急いだ。厚い雲が上空をおおっていた。

舟のともに腰を下ろし、茂助は煙草を吸っていた。

「とっつあん、待たせた」

新吉は乗りこむ。

「早かったな」

煙管《キセル》を仕舞い、茂助は棹《さお》を使って舟を岸から離した。

「降り出しそうだ」

新吉は空を見て言う。

「舟とどっちが早いか競走だ」

茂助は真顔で言い、大川に出て力一杯櫓を漕いだ。

さっきより波が高く、大きく上下に舟が揺れた。

なぜ、がっしりした体の男が三郎太と名乗ったのか。男は何者なのか。内村源之助の身近にいた者に雇われた殺し屋であろう。吹き矢を扱っているところからも、殺し屋である可能性は強い。

殺し屋が雇い主の名を不用意に口にするとは思えない。つまり、三郎太の名を出したことは、雇い主は三郎太でもなければ三郎太に連なる人物でもないということだ。

あっと、新吉は思わず声を上げた。

「新さん、だいじょうぶだ。たまたま高波で、舟が大きく上下しただけだ」

ちょうど高波が来たのと新吉が気づいたのが同時だったので、茂助は勘違いをしたようだ。

新吉はあえて黙っていたが、見た目は同じでも中身はまったく違うことはあり得る。三郎太と名乗ったのは三郎太の復讐《ふくしゅう》に見せかけるためだ。

笠木嘉門殺しは内村源之助のための復讐ではない。何か仕組まれている。その中に、自分は組み込まれてしまったのではないか。

その夜、新吉は出先からお葉とともに『桔梗家』に戻った。

「では、姐さん、また明日《あした》」

新吉は三味線を片づけてから挨拶をした。

「あら、ちょっとお茶でも飲んでいけば」

お葉が言う。

「もう今夜は遅いですから」

御座敷がお開きになるのがいつもより遅かった。

「そう、じゃあ、また明日」

お葉が熱い視線を送る。新吉はその目をしっかりと受け止め、お波にも挨拶をして『桔梗家』を出た。

秋葉神社の参道から遠ざかるように、自分の家に向かった。

ふとどこかから射るような視線を感じた。草むらの暗がりに目を向けた。視線は消えた。気のせいではない。誰かがいた。

背後に注意を向けながら、新吉は家に辿《たど》り着いた。戸に手をかけたとき、凄《すさ》まじい殺気が背後から襲いかかった。

新吉は横っ跳びに逃れた。剣先が空を斬った。頬被《ほおかぶ》りをし、尻端折《しりはしょ》りをした侍が体勢をたて直し、改めて抜き身を構えた。

「何奴だ？」

新吉は誰何《すいか》する。

八相《はっそう》に構え、賊は無言で迫ってきた。新吉はあとずさると、草むらに追い込まれた。後ろは草木が繁っていて、左右に逃げるしかなかった。

賊は強引に袈裟《けさ》懸けに斬り込んできた。新吉は腰を落とし、素早く相手の胴に突進した。相手の胴を抱え込んでいっしょに倒れ込む。

地に体がついたとたん、両者は弾《はじ》けたように立ち上がった。賊は剣をしっかりと握っていた。

「その姿、形。佐平か」

新吉が叫ぶや否や、またも賊は振りかぶって向かってきた。新吉は横っ跳びに転がりながら剣を避《よ》けた。

新吉は身を翻して避けながら場所を変えた。なおも、賊は斬り込んできた。新吉はその度に右に左にと剣を避けた。

やがて、相手の剣の動きが鈍くなってきた。空振りが重なり、やや疲れが見えてきた。

正眼《せいがん》に構えた剣先が微《かす》かに揺れていた。

「あんたは何者だ？『奈良屋』とはどういう関係だ」

新吉が問いつめる。

相手の動きは止まった。

「答えるのだ。答えなければこっちからいく」

新吉は踏み出した。今度は賊が一歩下がった。

新吉がさらに足をだした瞬間、賊が裂帛《れっぱく》の気合もろとも斬りつけてきた。だが、さっきより動きは鈍い。新吉は十分に腰を下ろして踏み込み、振り下ろされた剣をかいくぐって相手の利き腕の肘《ひじ》を下から摑《つか》んだ。相手は身動《みじろ》ぎ出来ない。

そして、その腕を放すとき、剣を奪った。賊はあっと叫んだ。

新吉は剣を相手の眉間《みけん》に向けた。

「顔を見せてもらおう」

新吉は切っ先を払った。頬被りの手拭《てぬぐ》いが外れ、顔が晒《さら》された。

「やはり、あんたか」

佐平だった。

「なぜ、俺を襲った？　『奈良屋』の彦兵衛から頼まれたのだろうが、なぜだ？」

「知らない。ただ、殺《や》るように命じられただけだ」

「『生駒屋』の旦那《だんな》も関わっているのか」

「『生駒屋』の旦那は関係ない」

「俺を襲った理由がわからないのに、どうして関係ないと言えるのだ？」

「…………」

「向島に彦兵衛と共に来たのは俺の顔を覚えるためか」

「…………」

「そうだな。もういい。あとは奈良屋彦兵衛にきく。帰って、彦兵衛に伝えろ。事情をききに行くとな」

　新吉は鞘《さや》を探して刀を納め、

「行っていい」

　と、渡した。

「俺を見逃すのか」

「よけいな殺生はしたくない」

「そんな情は身を滅ぼす」

「いいから行くんだ」

佐平は立ち上がった。

しばらく新吉を睨《にら》みつけていたが、いきなり体の向きを変えて暗がりに向かって駆けだした。

翌日の朝、新吉は東の空が白み出したときには吾妻橋を渡り、駒形を過ぎていた。

大伝馬町の『生駒屋』はまだ大戸が閉まっていた。

新吉は潜り戸を叩《たた》いた。戸が開いて、手代ふうの男が顔を出した。

「向島の新吉と申します。ご主人にお目にかかりたいのです」

「まだ、早いので」

手代が拒もうとするのを、

「向島の新吉と言えばお会いくださるはずです。お取り次ぎを願います」

「どうした？」

手代の背後で牧右衛門の声がした。

「旦那、向島の新吉です」

新吉は強引に潜り戸をくぐった。

「新吉か。どうして……」

牧右衛門は目を見開いた。朝早い訪問に驚いたのか。まさか、生きて現われたことに驚いたわけではあるまい。

「昨夜、『奈良屋』の番頭と称していた佐平に襲われました。『奈良屋』の旦那の命令だそうです」

「ばかな」

牧右衛門は狼狽《ろうばい》して言う。

「旦那はご存じだったんですかえ」

「何をだ？」

「『奈良屋』の旦那があっしを殺そうとしたことをです」

「ばかな。そんなことは聞いていない。何かの間違いだ」

「それに『奈良屋』には佐平という番頭なんかいないそうですぜ」

「彦兵衛はわしも騙《だま》していたのだ」

「旦那はほんとうに関係ないんですね」

「わしは知らない。おまえさんの話をしたら、彦兵衛が会いたいというので向島に呼んだのだ。佐平も用心棒だと言っていた」

「そうですか。では、これから『奈良屋』に行ってみます。朝っぱらから失礼しました」

「待て」

牧右衛門は引き止めた。

「おまえさんを襲わせた理由に思い当たることがある」

「なんですね」

「彦兵衛は去年、不正事件で死罪になった『蓬莱屋』の旦那と親しかったそうだ。『蓬莱屋』の旦那を破滅に追い込んだのがおまえさんだと逆恨みをしたのかもしれない」

「『蓬莱屋』は作事奉行や勘定奉行の笠木さまとつるんでいた材木商人ではありませんか。いわば、『奈良屋』の商売敵」

「そのあたりのことはわからない。こうしよう」

牧右衛門が思いついたように続けた。

「わしも彦兵衛に騙されたことになる。わしも彦兵衛を問い質《ただ》したい。彦兵衛を向島の寮に呼ぶ。そこで、はっきりさせよう」

「いつですかえ」

「明日《あした》だ。明日の昼。向島の『生駒屋』の寮だ。どうだ？」

「わかりました。明日の昼、寮にお伺いします。必ず、彦兵衛さんを呼んでください」

「うむ、必ず」

牧右衛門は請け合った。

「では、このまま帰ります」

新吉は『生駒屋』を出て、向島に急いだ。

三

その日の朝、扇太郎と伝八は御徒町の堂本宇兵衛の屋敷に行った。

伝八が木戸門を入り、一昨日《おととい》会った中間《ちゅうげん》を呼びに行った。すぐに、中間が伝八とともに出てきた。

「すまないな。屋敷の者に見つかると、面倒なのでな」

扇太郎は言い訳をしてから、

「三郎太の体に大きな特徴はなかったか」

「特徴ですかえ」

中間は首をひねった。

「たとえば、火傷《やけど》跡など……」

「あっ、ありました」

「あったか」

「ええ、真夏に井戸端で体を拭《ふ》いているときに見ました。そう、右肩に火傷のような跡がありました、三郎太にきいたら、子どもの頃に、囲炉裏に落ちたと言ってました」

「そうか。よく思いだしてくれた」

「じゃあ、もういいんですかえ」

「ああ」

中間は屋敷に戻って行った。

「旦那《だんな》、あの亡骸《なきがら》は……」

「まだ、迂闊《うかつ》には言い切れぬ」

「へい」

昨日、孝助とおよしに冬吉の火傷跡を確かめた。ふたりとも、火傷跡があったと口にした。

ふたりが嘘をついている可能性はあるが、冬吉の行方がわからなくなったときのおよしの届けには、特徴として右肩の火傷跡を申し出ているのだ。

三郎太と冬吉の同じ場所に火傷跡があるという偶然がまったくないとは言い切れない。

「あとは『多幸屋』のお静だ」

お静は冬吉と昔からの知り合いだった。それに、いい仲になっていたのだ。当然、知っているはずだ。

ふたりは御徒町から浅草田原町に行った。

『多幸屋』に着いて暖簾《のれん》を掻《か》き分け、土間に入る。帳場格子の中にいた番頭が露骨に顔を歪《ゆが》めた。

「またですかえ」

「そんな顔をするな」

扇太郎は意に介さず言う。

「今日は誰ですかえ」

「内儀を呼んでもらいたい」

「お内儀《かみ》さんはほんのちょっと前に出かけましたぜ」

「出かけた？　どこだ？」

「今戸の友達のところです」

「今戸のどこだ？」

「いえ、そこまで知りません」

「わかった」

扇太郎と伝八は外に出て、吾妻橋のほうに急いだ。

雷門まではお静の姿はなかった。ひとをかきわけ、吾妻橋に向かった。だが、お静はいない。

吾妻橋の手前を花川戸のほうに向かって走った。

山谷堀までやってきたとき、ちょうど竹屋の渡し場から対岸に向かって船が出たところだった。

「旦那、お静が」

伝八は渡し船を指さした。

船に、お静の姿があった。

「よし、向島だ」

扇太郎と伝八は来た道を引き返し、吾妻橋を渡った。渡し船は川の真ん中に差しかかっていた。

船との競走だった。吾妻橋を渡り切ったとき、船は船着場に近づいていた。

吾妻橋を渡り切り、左に折れ、源森橋を渡り、水戸家下屋敷の前を過ぎた。ようやく竹屋の渡し場までやってきたとき、船は着いていてすでに乗客は陸に上がっていた。

「間に合わなかったか」

息を弾ませて、扇太郎は悔しがった。

「でも、帰りは逃がしません」

伝八が気負って言う。

「男とどこで別れるかだ」

お静ひとりのところを捕まえても仕方がない。相手の男が問題なのだ。

「料理屋を一軒一軒当たりますかえ」

「いや、料理屋のほうでいやがるだろう」

陽は中天に昇っていた。

「旦那。ともかく、あっしはここでお静を待ちます」

「俺は新吉に会ってくる」

扇太郎は三囲稲荷社の前の道を下って秋葉神社のほうに行った。秋葉神社の参道の脇に、料理屋の『武蔵屋』があり、そこからしばらく行くと、芸者屋の『桔梗家』がある。

新吉の家はさらに先だ。いるかどうかわからないが、扇太郎は新吉の家に着くと、黙って戸を開けた。

部屋の真ん中に新吉がいた。目を閉じ、腕組みをしていた。考えに没頭しているらしく、気づいていないようだった。

「新吉」

扇太郎は声をかけた。

ようやく、新吉は腕組みを解き、目を開けた。

「失礼しました」

新吉が頭を下げた。どうやら、気づいていたようだ。

「考え事をしていたようだな」

「ええ。今までのことを思い返してみたのです。すると、いろいろ気になることが……」

「何だ？」

「まだ、まとまっていません」

　新吉は厳しい顔で答え、

「梶井さま、きょうは何か」

　と、きいた。

「半月あまり前に真崎稲荷の裏で見つかった亡骸の主は小間物屋の冬吉だった。決め手は右肩の火傷《やけど》のような跡だ。ところが、三郎太にも同じ場所に火傷跡があったのだ」

「それはほんとうですか」

　新吉の顔色が変わった。

「うむ。ふたりにあったという偶然があり得ないわけではないが、ほんとうに冬吉に火傷跡があったのか。『多幸屋』の内儀お静に確かめようとしたら、外出したあとだった。それで、ここまで追ってきたというわけだ」

「お静さんはこっちに何しに？」

「男だ」

「男？」

「たぶん……」

「冬吉だと？」

「はっきりとは言えぬが」

「そのことは十分に考えられます。真崎稲荷の裏の死体は冬吉ではなく三郎太だとしたら……」

新吉は勢いづいたように、

「お静さんはどんな感じのひとですかえ」

「二十七、八の色っぽい女だ」

「冬吉は？」

「細身で背が高い」

「あのときの……」

新吉が呟《つぶや》く。

「心当たりがあるのか」

「ええ、一度、三囲稲荷社で見かけました。どこか雰囲気が怪しく、心中するのではないかと思いました」

「心中？」

「ええ。だから、気になってあとをつけたのです」

「ほんとうか」

「はい。ふたりは寺島村の百姓家に入って行きました」

「きょうもそこかもしれない。案内してくれ」

「はい」

新吉は立ち上がった。

扇太郎は新吉の案内で小さな川の近くにある百姓家の前にやってきた。すぐ近くに秋葉神社の杜《もり》が見える。

樹の陰から百姓家を見つめながら、

「新吉、すまないが竹屋の渡し場の近くに伝八がいる。ここに連れてきてくれぬか」

と、頼んだ。

「ようございます」

新吉は踵《きびす》を返した。

母家には家人がいる。逢引《あいび》きならふたりきりになりたいだろうから母家にいるとは思えない。裏手を見ると、離れがあった。

ほどなく、伝八がやってきた。

「旦那《だんな》、新吉から聞きました」

「あの離れだ」

扇太郎は指差す。

「どうしますかえ、出てくるのを待ちますかえ。それとも踏み込みますかえ」

伝八がきいた。

「賭《かけ》だな」

ほんとうにここにいるかどうかはわからない。新吉があとをつけたときはこの百姓家だったが、今日は別のところかもしれない。

そのとき、母家の戸口から年寄りが出てきた。駕籠《かご》を背負い、鎌《かま》を手にして、畑のほうに向かった。

「きいてきます」

伝八が言い、年寄りのところに走って行った。

追いついて声をかけている。年寄りは何か答えている。

伝八が戻ってきた。

「ふた月近く前から、春吉《はるきち》って男が離れにいるそうです」

「春吉だと。冬吉の仮名だ」

扇太郎は言い切った。

「最近、女が訪ねてきているようだと言ってました」

「間違いないな」

扇太郎はにんまりし、

「よし、行こう」

と言い、離れに向かって歩きだした。

新吉もついてきた。

離れの戸口に立ち、伝八が戸を開け、声をかけた。

「ごめんなさいな」

天窓から射し込む陽光で土間は明るい。男物の草履と赤い鼻緒の駒下駄《こまげた》が並んでいた。

返事がない。扇太郎は土間に入った。目の前の部屋には長火鉢が置いてあるが、誰もいなかった。

「ごめんなさいな」

伝八はもう一度呼びかけた。

隣の部屋から長身の男が現われた。三十前の苦み走った顔立ちだ。

扇太郎が前に出て、

「俺は南町の梶井扇太郎だ」

と、名乗る。

「へえ」

男は上がり口近くに茫然《ぼうぜん》と立ち尽くした。

すぐさま、伝八が、

「ここに『多幸屋』の内儀が来ているな。呼んでもらおう」

「…………」

「どうした？」

扇太郎がきく。

「何かのお間違いでは？」

男の声は震えていた。

「お静が来ていることはわかっているのだ」

扇太郎が大声を出す。

ようやくお静が現われた。髪が乱れている。

「どうしてここが？」

「悪いことは出来ないものだ」

お静はその場にしゃがみ込んだ。

「お静、その男は誰だ？」

「春吉さんです」

男が改まって名乗り、腰を下ろした。

「実の名をきいているのだ」

「…………」

「冬吉だな」

扇太郎が言うと、お静は口を半開きにして固まったようになった。冬吉は肩を落としていた。

「冬吉、事情をきかせてもらおうか」

扇太郎が腰から刀を外し、上がり口に腰を下ろした。話を聞くまで帰らないという姿勢を見せたのだ。

冬吉はため息をついてから、

「恐れ入りました。すべてお話しいたします」

と、口を開いた。

「よし」

「あっしとお静とは同じ牛込《うしごめ》にある長屋で子どもの頃を過ごしました。あっしは十四歳のときに商家に奉公に上がり、長屋を出ました。その後、あっしは二十歳のときに、あっしをいじめていた番頭を殴って商家をやめました。元の長屋に行ってみると、お静はもういませんでした。行先もわかりませんでした」

冬吉は息継ぎをし、

「あっしは小間物の行商をはじめ、商売で出入りをしていた古着屋で縫い子をしていたおよしと知り合い、所帯を持ったんです。二十五歳のときでした」

扇太郎は黙って聞いていた。

「三年前、『多幸屋』に出入りするようになって、お静と再会したんです。驚きました。まさかお静が『多幸屋』の旦那《だんな》の後添いになっていたなんて」

そう言い、冬吉はお静を見た。

「私は冬吉さんが奉公に出た数年後、ふた親といっしょに池之端仲町の裏長屋に引っ越しました。ふた親が共に病気に罹《かか》り、薬代を稼ぐために私は料理屋で働くようになったのです。でも、ふた親の薬代が嵩《かさ》み、借金をするようになって……」

　お静は辛《つら》そうに眉根《まゆね》を寄せ、

「その借金を肩代わりしてくれたのが『多幸屋』の旦那の佐太郎でした。料理屋の馴染《なじ》みでよく客として来ていました。ふた親が相次いで死んだあと、佐太郎に請われて後添いに入ることになったのです。まさか、それから冬吉さんと再会するなんて……」

「再会してから、あっしはお静のことが忘れられなくなって」

　再び、冬吉が口を開いた。

「密《ひそ》かにふたりで逢瀬《おうせ》を楽しみました。およしにも目が向かなくなって。だから、およしと孝助が親しくなっていくことをかえって喜んでいました。ところが、『多幸屋』の旦那に気づかれて……」

　間を置いて、冬吉は続けた。

「旦那はお静に惚《ほ》れています。旦那は初蔵たちにあっしを殺すように命じたと、お静が教えてくれたのです。あの旦那はいざとなると恐ろしい男です。あっしはほんとうに殺されかねない。お静がしばらく身を隠してというので、あっしはここに厄介になることに。ここのひとは赤の他人のあっしに離れを貸してくれたんです」

「真崎稲荷の裏の死体のことをどうして知っていたのだ？」

「姿を晦《くら》ます三日ほど前、あっしは橋場の得意先に商売で行った帰り、数人の男が真崎稲荷の裏で穴を掘っているのを見たんです。その中に、堂本宇兵衛さまのお屋敷に行ったときに、三郎太さんと話し込んでいた体のがっしりした男がいたんです。何のために穴など掘っているのかわかりませんでした。その翌日、堂本宇兵衛さまのお屋敷に行ったとき、三郎太さんがいなくなったと騒いでいたので、もしやと思って、夜になって真崎稲荷の裏に行ったんです。すでに穴は埋められていました。あっしはここに三郎太さんが埋められていると思いました。そのとき、閃《ひらめ》いたのです。三郎太さんとあっしは背恰好《かっこう》が似ている。あっしを死んだことに出来ると」

　冬吉は顔を歪《ゆが》め、

「あっしも必死でしたから。それで、およしと孝助に自分は失踪《しっそう》する。真崎稲荷の裏でいつか死体が見つかったら俺だと泣けばいい。行方知れずの訴えを出すとき、俺の特徴に右肩に火傷《やけど》跡があると話しておけと念を押しました」

「野犬が掘って、ひと月後に死体が見つかったが、あのまま見つからなかったかもしれぬではないか」

「いえ、穴を少し掘ったのはあっしです。野犬じゃありません」

「そうか。そういうわけだったのか。すっかり騙《だま》されていた」

扇太郎は顔をしかめた。

「あっしが死んだってことになって、ようやくお静も外出出来るようになって、ここで会うことになったんです」

「冬吉さん」

それまで黙って聞いていた新吉が口を入れた。

「三郎太はなぜ殺されたのか、わかりますかえ」

「わからねえ。ただ、がっしりした体の男と言い合いをしていた。何かでもめていたことは間違いない」

「わかりました」

新吉は頷《うなず》いて下がった。

「おまえたちはこの先、どうするつもりだったのだ？　いつまでもこんな形での逢瀬を続けるわけにはいくまい。佐太郎が離縁してくれると思うのか」

扇太郎はお静に顔を向けた。

「離縁を切り出したら、私は半殺しの目に遭います」

お静は唇を噛《か》んだ。

「では、ふたりでどこかに逃げるつもりだったのか」

「ええ」

冬吉が答える。

「佐太郎のことだ。どこまでも追いかけるに違いない」

扇太郎は口にしてから、

「ひょっとして、死ぬつもりか」

と、目を剝《む》いてきいた。

「………」

ふたりとも押し黙っていた。

「死ぬことなど考えてはだめだ。いいか、冬吉。おまえは自訴するのだ。そして、なぜこのようなことをするに至ったか包み隠さず正直に言うのだ。きっと先が開けるはずだ」

「そうでしょうか。佐太郎は決してあっしを許そうとはしないはずです」

「佐太郎のほうにも負い目があろう。冬吉は佐太郎に殺されるかもしれないから行方を晦ましたのだ。そのことを正直に訴えるのだ。佐太郎がどう出るかわからぬが」

「わかりました」

冬吉が畏《かしこ》まって言い、

「どうせ、追い詰められた命、ふたりで闘ってみます」

と、顔に生気を漲《みなぎ》らせた。

扇太郎は新吉を見た。厳しい表情で、新吉は考え込んでいた。

四

翌日の昼前、新吉は柳行李《やなぎごうり》の底から刀をとり出した。十八歳のときの御前試合で一等になったときに殿から賜った国定《くにさだ》の名刀である。

新吉は仙北《せんぼく》藩の近習《きんじゅ》番士だったが、九年前に脱藩し、侍をやめたのだ。だが、この刀だけは捨てることが出来なかった。

両手で捧《ささ》げ持ち、一礼してから刀を袋から取り出す。そして目釘《めくぎ》を外し、刀を鞘《さや》から抜いた。

次に柄《つか》から刀身を抜き、茎《なかご》を握って拭《ぬぐ》い紙で刃を拭《ふ》き、打粉を打つ。身の引き締まる思いで、刀身にまんべんなく粉をつけ、それから拭い紙で打粉を払う。

さらに油を引き、刀身を立てて鍔《つば》をつけ、最後に茎を柄に納めて目釘を差し入れる。

その刀を風呂敷《ふろしき》に包み、家を出た。そして、待ち合わせた茂助に刀を渡し、『生駒屋』の寮の門を入った。

茂助を庭木戸の近くで待たせ、新吉は迎えに出た番頭の茂太の案内で、庭に面した座敷に通された。

そこに『生駒屋』の牧右衛門と『奈良屋』の彦兵衛が待っていた。

「失礼いたします」

新吉は腰を下ろして挨拶《あいさつ》する。

「よう参られた。そこに」

牧右衛門は近くに招く。

新吉は膝《ひざ》を進め、改めて牧右衛門と彦兵衛に頭を下げる。ふたりとも、余裕のある顔をしていた。

「新吉さん。彦兵衛がまず弁明したいそうだ」

牧右衛門が口を開く。

「その前に、ちょっとお訊《たず》ねしたいことがあるのですが」

新吉はふたりを交互に見た。

「何かな」

「勘定奉行の笠木さまがお亡くなりになり、後任はどなたかお決まりになったのでしょうか」

「うむ、決まったそうだ」

「どなたですか」

「佐渡《さど》奉行の大畑秀衡《おおはたひでひら》さまが就任なされた」

牧右衛門が答える。

「大畑秀衡さまですか。『奈良屋』の旦那《だんな》は大畑さまをご存じで？」

新吉は彦兵衛に顔を向けた。

「知っている」

彦兵衛は一瞬間を置いて答えた。

「どういう縁で？」

「大畑さまは三年前まで勘定吟味役であられた。その前は勘定組頭だ」

「では、勘定組頭のときにお近づきに？」

「そうだ」

「その後もでしょうか」

「新吉、そのようなことはそなたに関係あるまい」

「へえ、直接は」

「直接は？」

牧右衛門は不審そうな顔をした。

「『奈良屋』の旦那、いかがでしょうか。今も大畑さまと懇意になさっているので？」

「それがどうしたと言うのだ？」

彦兵衛も怒ったようにきいた。

「懇意になさっていたのなら、旦那にとっては好機だと思いましてね。勘定奉行と親しいとなれば、今後の商売に何かと有利かと」

「まっとうな商売をやっているのだ。勘定奉行と親しかろうが関係ない」

「さようで。でも、これから公儀に大きな工事の計画があればいち早く……」

「新吉、無礼だ」

牧右衛門が大声を張り上げた。

「失礼しました」

新吉は会釈をし、

「あっしがなぜ、こんな話をしたのかと申しますと、佐平と名乗った男は侍でした。浪人じゃありません。今の話をお伺いして合点《がてん》がいきました。ひょっとして、大畑さまのご家来ではありませんか」

「ばかな」

彦兵衛はうろたえた。

「あの者は『蓬莱屋』に関わる……」

「佐平は侍ですぜ」

新吉は相手の言葉にかぶせて言う。

「新吉。いい加減なことを言うな」

牧右衛門がまなじりを決した。

「『生駒屋』の旦那。内村源之助さまの若党の三郎太はひと月以上も前に殺されていましたぜ」

「…………」

「あっしの前で三郎太と名乗った男は名を騙《かた》っていたんですよ」

ふたりは言葉を失っている。

「『奈良屋』の旦那が大畑さまと懇意にしているとわかれば、一連の出来事が腑《ふ》に落ちるのです」

「勝手に決め付けるな」

「勝手じゃありません。三郎太は殺されて埋められていた。三郎太と名乗った男が笠木嘉門さまを殺した。つまり、笠木さま殺しは内村源之助さまの若党三郎太の仇《あだ》討ちという筋書きを作ったのです。おそらく、笠木さまのご家来衆はそれを信じて、今も三郎太を追っているのではありませんか」

「そなたが何を言っているのかわからぬ」

「今月のはじめ、新梅屋敷に笠木さまがお出《い》でになりました。そこに刺客が潜んでいました。それをあっしが見つけ、笠木さまの暗殺を阻止出来た。そう思っていましたが、あっしはまんまと旦那の罠《わな》にはまってしまったんです。あの刺客はあの時点では笠木さまを殺すつもりはなかったのです。あのとき殺してしまっては、ゆくゆくは旦那に疑惑が向かいかねないからです。大畑さまが勘定奉行になり、懇意にしている『奈良屋』が日の目を見るようになる。その『奈良屋』と親戚《しんせき》関係にあるのが『生駒屋』です。笠木さまが『生駒屋』の寮で殺されたことを考えれば、疑惑が向けられる危険がある。そうなれば、笠木さまの家来が『生駒屋』と『奈良屋』の旦那を仇《かたき》として襲うようになる。だから、三郎太の復讐《ふくしゅう》にしなければならなかったのです」

　ふたりとも口を真一文字に結んでいる。

「大畑さまに連なる者が三郎太に近付き、内村源之助さまの仇を討とうと持ち掛けた。だが、三郎太は仇を討つ気はなかった。あるいは、相手の胡乱《うろん》さに気づいたから断ったのか。やむなく、三郎太を殺した。秘密を知られたことでの口封じというより、仇討ちに乗ってこなかったら、最初から始末をするつもりだったのでしょう」

「…………」

「三郎太になりすました男はあっしの前に現われ、内村源之助のための復讐だと告げた。あっしを証人にするためだ。あっしはまんまとその計略にはまってしまった」

　新吉は苦笑する。

「おそらく、『生駒屋』の旦那《だんな》も『奈良屋』の旦那も、あっしが去年の『蓬莱屋』の件に関わったことを知っていて、あっしを利用しようとしたのでしょう。いや、利用といえば、お葉姐《ねえ》さんです。笠木さまを向島に誘う手立てにお葉姐さんを使ったんです」

「たいした想像だ」

　牧右衛門が口元を歪《ゆが》めた。

「旦那が賊の仲間だから、賊はいとも簡単に寮に忍び込み、また寮から逃げて行くことが出来たのです」

「……」

「笠木さまを吹き矢で殺した賊は塀の外に逃げたと見せかけてまた寮に戻ってきたのではありませんか」

新吉は牧右衛門を睨《にら》み据え、

「あっしは賊が吹き矢を吹いた場所から笠木さまが立っていた池のほうを見たのです。そこで、あることがわかりました。賊から見て、狙いやすい絶好の場所に笠木さまが立っていたのです。偶然じゃありません。旦那が笠木さまをあの場所に立たせたのです。さらに、あのとき、母家のほうから白い煙がでて、曲者《くせもの》が火を放ったと誰かが叫びました。あれで、笠木さまの注意が母家のほうに向かったのです。吹き矢を持った賊に対し、笠木さまはまったく無防備でした。すべて計画どおりでしょう。おそらく、白い煙を上げて騒いだのは番頭の茂太さんじゃありませんか」

「牧右衛門さん、やはり、聞きしに勝る男ですね」

彦兵衛が感心したように言う。

「まことに」

牧右衛門もため息をついた。

「お認めになるのですね」

「そこまで読まれていれば、しらを切り続けるのは難しい」

「この話はどなたからもたらされたのですか」

「大畑さまだ」

彦兵衛が答える。

「勘定奉行に早くなりたいからですか」

「大畑さまが勘定吟味役のときに笠木さまは勘定奉行だった。そのとき、大畑さまは勘定勝手方の不正を摘発しようとして笠木さまに止められたのだ。金だ。大畑さまは金をもらって不正に目をつぶった。そのとき、大畑さまは笠木さまにもう不正はしないと誓わせた。ところが、大畑さまが勘定吟味役を辞め、佐渡奉行になったあとも笠木さまは不正を続けていた。そのことが許せないと仰《おっしゃ》っていた」

「だが、大畑さまの本心は笠木さまがいなくなれば自分が勘定奉行になれるという計算があったはずだ。いや、それだけでなく、もっと別の遺恨もあったのかもしれない」

牧右衛門が冷笑を浮かべた。

「理由がどうあれ、大畑さまが勘定奉行になれば『奈良屋』にとっても大きなことだったのですね。もちろん、『生駒屋』にとっても」

「そうだ」

「吹き矢の男や茂太、それに佐平。みな、大畑さまの家来ですか」

「家来かどうかわからぬが、大畑さまの手の者だ」

牧右衛門は立ち上がって障子を開けた。この季節にしてはひんやりした風が吹き込んできた。

牧右衛門は庭を見つめながら、

「笠木さまは好色なお方でな。お葉を抱かせろとうるさかった。お葉と会えるというと、ここに喜んでやってきた」

牧右衛門は障子を開けたまま元の場所に戻った。

新吉は腰に差していた煙草入れを摑《つか》んだ。

「旦那」

新吉は声をかける。

「この始末はどうおつけになるのでしょうか」

「さて、そこよ」

牧右衛門は口元に笑みを浮かべ、

「今まで、そなたの話を聞いたが、いずれも証《あかし》のないものばかりだ。笠木さまの死も病死ということになっている。今さら、殺されたと騒いでもどうにもなるまい」

「しかし、三郎太が殺されています」

「それにしたって、大畑さまの家来が殺《や》ったという証はない」

牧右衛門の目が鈍く光った。

「新吉、そなたがいなくなれば、何の問題もなく始末がつく」

そのとき、風を切る音が凄《すさ》まじい勢いで迫ってきた。新吉は飛んできた矢を煙草入れで受け止めた。続けざまに飛んできた矢を今度は弾《はじ》き落とした。

牧右衛門と彦兵衛は立ち上がった。

「旦那、どうやらここに役者は揃っているようですね」

新吉は廊下に出た。

庭先に偽三郎太が立っていた。

「新梅屋敷であなたはわざとあっしに見つかるようにした。それから三囲稲荷社に現われ、三郎太と名乗った。あっしはまんまと一杯食わされました」

「おかげで、笠木嘉門の家来は内村源之助の若党だった三郎太に目をつけた。そなたに礼を言わねばならぬな」

「あなたは何者なのですか。大畑秀衡さまのご家来か」

「違う」

「三郎太を殺し、真崎稲荷の裏に埋めたのはあなたですね」

「こっちの頼みを撥《は》ねつけたのでな。それどころか、笠木嘉門に訴えるとまで言い出した。口を塞《ふさ》がねばならなかったのだ」

背後にひとの気配がした。三人の浪人が剣を構えていた。その後ろに、牧右衛門と彦兵衛が逃れた。

「新吉。死んでもらう」

偽三郎太が合図を送ると、三人の浪人のうちの大柄な侍が剣を脇に構え、つっと迫ってきた。新吉は待ち構えた。

間近に来て、侍は袈裟《けさ》懸けに斬りつけた。新吉は横に避ける。侍は続けて横一文字に新吉の胴を狙ってきた。後ろに飛び退き、新吉は庭に下りた。侍も続いた。あとのふたりも抜き身を提げたまま庭に飛び下りた。

そこに、黒い影が近づいてきた。

「新さん。ほれ」

茂助が預けていた刀を新吉に放った。新吉はそれを掴み、素早く腰に差した。

「相手になろう」

新吉は抜刀した。

三人の動きが止まった。正眼《せいがん》に構え、新吉は三人と対峙《たいじ》する。

「おのれ」

大柄な侍が強引に斬りかかってきた。新吉は相手の剣を弾き、踏み込んで相手の二の腕に切っ先を向けた。

相手はうっと呻《うめ》いてよろけた。すかさず、別の侍が斬りつけてきたが新吉は身を翻しながら相手の肩に峰打ちを食わせた。

残ったひとりが剣を構えている。

「まだ、やるのですか」

新吉が相手に剣先を突き出したとき、またも矢が飛んできた。新吉は弾き落とした。

偽の三郎太が憤然と立っている。

門のほうが騒がしくなった。

やがて、扇太郎が奉行所の捕り方を連れて庭に駆け込んできた。

「そこに立っている男が三郎太を殺して真崎稲荷の裏に埋めたのです」

新吉は指差した。

扇太郎はそばに近付き、

「おとなしくせよ」

と、威嚇した。

偽の三郎太は観念したのか抵抗せずにおとなしく縛についた。三人の侍も捕縛し、牧右衛門と彦兵衛も庭に引き立てられてきた。

「最初から、これが狙いだったのか」

牧右衛門が無念そうに言う。

「あっしを殺す企《たくら》みだということは想像がついていましたから」

茂助に刀を持たせ、庭に潜んでもらい、騒ぎが起きたら刀を新吉に渡し、すぐに近くで待機している扇太郎に知らせる。そういう手《て》筈《はず》だった。

「新吉」

引き立てられて行く偽の三郎太が途中で振り向いた。

「この怨《うら》み、忘れぬ」

「黙って行け」

伝八が偽の三郎太を追い立てた。

引き立てられていく一行を見て、新吉はあっと思った。

「梶井さま」

扇太郎のところに駆け寄る。

「番頭の茂太がいません」

「いや、他には誰もいなかった」

「逸早《いちはや》く逃げたのか」

新吉は牧右衛門のところに走った。

「旦那《だんな》。茂太は何者なのですか」

「大畑さまの家来だ。詳しいことはわからない。すべて、大畑さまの指図はあの男から聞いた」

「…………」

新吉は思わず拳《こぶし》を握りしめていた。

五

数日後の昼、お葉を出先の『大村家』に送ったあと、新吉は『桔梗家』に戻った。

戸口に扇太郎が待っているのを見つけて駆け寄った。

「梶井さま」

「今いいか」

扇太郎は厳しい顔で言う。

「はい」

扇太郎は秋葉神社の境内に入った。

石灯籠《いしどうろう》のそばに立ち、扇太郎が振り返った。

「偽の三郎太は勘定奉行の大畑秀衡さまと関わりはなかった」

「そうですか」

危惧《きぐ》したとおりだ。

「偽の三郎太は茂太という男から金で雇われたそうだ。殺し屋だ。浪人も金で雇われた」

「『生駒屋』と『奈良屋』の旦那も茂太からの指図で動いていたのですね」

「そうだ。すべての中心は茂太だ」

「茂太と大畑さまの関係は？」

「ない。すべて大畑さまの名のもとに、茂太が一切を取り仕切っていたようだ」

「では、どういうことに？」

「茂太が偽の三郎太を使い、堂本宇兵衛さまの屋敷に奉公していた三郎太を殺し、そのことを調べていた新吉を口封じのために殺そうとした……」

「牧右衛門と彦兵衛があっしを殺そうとしたのは？」

「茂太から言いつけられたそうだ。偽の三郎太に疑いを抱いた新吉が目障りになったということだ」

「牧右衛門と彦兵衛は笠木嘉門さまのことはなんと言っているのですか」

「ふたりとも笠木嘉門は病死だと言い張っている」

扇太郎は顔をしかめ、

「これ以上の調べはもう出来ない」

「なぜ、ですか」

「無関係な勘定奉行の大畑さまを巻き込むべきではないというお奉行の命令だ。お奉行は登城の折り、老中から何か言われたそうだ」

「そうですか。で、どういう裁きになりそうですか」

「偽の三郎太は当然死罪だ。三人の浪人については江戸払い。牧右衛門と彦兵衛についてはそれぞれ隠居を……」

途中から、新吉は扇太郎の声が耳に入らなくなった。

笠木嘉門殺しは不問になり、三郎太殺しのみが裁かれることで一連の事件の決着が図られる。

「事件の真相はわからず仕舞いですね」

「うむ。茂太に逃げられたことが大きい。悔しいが、仕方ない。これが、笠木嘉門さまのほうで殺されたことを認めてくれたらまた違った結果になったろうが……」

「……………」

新吉にふとある考えが過《よぎ》った。

笠木嘉門を殺したのはほんとうに大畑秀衡なのだろうか。最初は内村源之助の若党の復讐《ふくしゅう》と見せかけ、その実、次期勘定奉行を狙った大畑秀衡の仕業ではないかという疑惑が強い。

しかし、そこにも何かからくりがあるのではないか。実際の黒幕は別にいる可能性はないか。

「新吉、どうした？」

扇太郎がきいた。

「笠木さまの件ですが、まだ裏があるような気がしてなりません」

「裏？」

新吉は自分の考えを話した。

「大畑さまの命令を告げていたのは茂太だけなんです。茂太が牧右衛門たちを騙《だま》していたのかもしれません」

「茂太か……」

「牧右衛門にもっと茂太のことを聞き出す必要があります」

「わかった。そうしよう」

扇太郎は厳しい顔で応じた。

新吉は扇太郎と別れ、『桔梗家』に戻った。

ちょうど、お琴といっしょになった。

「あら、新さん」

お琴がうろたえたように言う。

「出かけていたのかえ」

「ええ。ちょっと」

お琴はそそくさと土間に入った。手ぶらだった。ちょっと近くまで出かけたという感じだった。

誰かと会っていたのではないか。ふとそんな気がして、新吉はお琴に続いて土間に入った。

扇太郎は向島から田原町にやってきた。

『多幸屋』の暖簾《のれん》を搔《か》き分け、店に入る。亭主の佐太郎が店に出ていた。

「これは旦那《だんな》」

佐太郎が近づいてきた。

「冬吉が生きていたなんて、たまげましたぜ」

「うまく騙したものだ。だが、そなたに殺されると思って死んだことにしたそうだ」

「間男は八つ裂きにしても文句は言われないんじゃないんですかえ」

「そうだ。ところで、お静はどうした？」

「奥で、毎日沈んだ様子で暮らしています」

　佐太郎は憤然と言う。

「今後、どうするのだ？」

「………」

「夫婦仲は元に戻せるか」

「無理でしょうね」

　佐太郎はため息をつき、

「この前、お静は別れてくれと泣きながら頼んできましたよ」

「そうか」

「冬吉はどうなるんですね」

「奉行所を欺いた罪は軽くないが、江戸払いぐらいか」

「江戸払いですか。たぶん、お静はいっしょについて行くでしょう」

「引き止めるのだろう」

「ふたりで江戸を離れて食っていけるんでしょうかね。またどこぞの料理屋で働くようになるのが関の山でしょう」

「行かせてやるのか」

「毎日、死んだような顔を見るのも辛《つら》いですからね」

「そうか。ここで、男気を見せるのもいいかもしれぬな」

「まあ、そうですね」

佐太郎ははかなく笑った。

田原町から下谷車坂町の幸兵衛店にやってきた。

およしの家の戸を開けると、およしはちょうど出かけるところだった。風呂敷《ふろしき》包《づつみ》を抱えていた。

「どうぞ」

およしは部屋に戻った。

「仕立物を届けるところではないのか」

「はい、でも、まだだいじょうぶです」

「いや、すぐ済む」

扇太郎は言い、

「冬吉からの言伝《ことづ》てだ。孝助と仲良くとのことだ」

「そうですか。あのひとはどんなお裁きになりましょうか」

「おそらく、江戸払いだろう」

「そうですか。お静さんとはいっしょになれるのですか」

「気になるか」

「はい。あのひとにも仕合わせになってもらいたいですから」

「うむ」

扇太郎は頷《うなず》き、

「お静は亭主に離縁を申し入れたそうだ。亭主もこうなれば離縁するしかないと諦《あきら》めているようだ」

「では、ふたりは晴れて……」

「いや」

扇太郎は首を横に振った。

「冬吉は江戸を離れ、知らない土地でお静をちゃんと養っていけるか不安だと言っていた。それに、僅《わず》かな期間だったが、お静とかけがえのない時を過ごすことが出来て仕合わせだったとも言っていた。俺の勘だが、冬吉はひとりで江戸を離れるのではないか。それがお静のためだと思っているようだ」

「まあ」

　およしは表情を曇らせた。

「冬吉はそれで満足なのだ。そなたは気にする必要はない、孝助と仕合わせになるのだ」

「ありがとうございます」

「では」

扇太郎はおよしの家をあとにした。

その夜、新吉はお座敷帰りのお葉と三囲稲荷社の鳥居をくぐった。

「新さん、聞いた？」

いきなり、お葉が言う。

「何をですかえ」

「鞠塢さまが、今度の月見の会に私と新さんを招いてくださるんですって」

新吉は驚いてきく。

「ええ、新さんもぜひにって」

「とんでもない。あっしのような者が顔を並べるのはおこがましいことです」

月見の会は中秋の名月に新梅屋敷で歌人、狂歌師、俳諧《はいかい》師、絵師だけでなく、風流を解する札差の旦那や向島の料理屋の旦那衆も集うのだ。

「鞠塢さまは新さんをとても買っていらっしゃるわ」

「そいつはありがたいことでございますが、月見の会はあっしには荷が勝ち過ぎます」

「そう。私も芸者として呼ばれているんじゃないのよ」

「姐《ねえ》さんはぜひ行ってらしてください」

「いや、新さんといっしょじゃなければ行かないわ」

「そいつは……」

「新さん、待って。お参りしてくるわ」

お葉は社殿に小走りに向かった。

新吉は恵《え》比《び》須《す》・大黒天が祀《まつ》ってある祠《ほこら》に足を向けた。ここに偽の三郎太が現われたのだ。

偽の三郎太は捕まり、死罪になるだろう。だが、偽の三郎太を操っていたのは茂太なのだ。

笠木嘉門殺しの真相を摑《つか》んだわけではない。茂太は何者なのか。

振り返ると、お葉がお参りを済ませて引き上げてきた。新吉はお葉と共に鳥居を出た。

『桔梗家』に帰ると、いつも迎えに出てくるお琴が現われなかった。

「お波姐さん。お琴ちゃんは？」

「秋葉さまにお参りに行ってくると言って出かけたまま、まだ帰ってこないのよ」

「見てきましょうか」

「そうね。そうしてもらおうかしら」

「へい」

新吉が戸を開けて外に出たとき、お琴がこっちに向かってきた。だが、その後方の暗がりに男の影が消えたのを見逃さなかった。

お琴はその男と別れたばかりだと思った。

「新さん。お帰り？」

「いえ、お参りに行ったまま、まだ帰らないって言うので迎えに行くところでした」

「あら、だったら、まだ待っていればよかったわ。そしたら、新さんといっしょに歩けたのに」

流し目をくれて、お琴が言う。

今までいっしょだった男のことを隠すためか、それとも本気なのか、判断はつかなかった。

「ただいま」

弾んだ声で言い、お琴は土間に入って行った。

「新さん、どうしたのさ、早く来て」

お琴が振り向いて声をかけた。

日増しに大人びてゆくお琴になぜか不安を覚えたが、その気持ちを隠して、新吉はお琴のあとを追うように『桔梗家』に入った。

本書は書き下ろしです。

向《むこう》島《じま》・箱《はこ》屋《や》の新《しん》吉《きち》

新章《しんしょう》(一) 箱《はこ》屋《や》の使《し》命《めい》

小《こ》杉《すぎ》健《けん》治《じ》

令和3年 8月25日 初版発行

発行者●堀内大示

発行●株式会社KADOKAWA
〒102-8177 東京都千代田区富士見2-13-3
電話 0570-002-301(ナビダイヤル)

角川文庫 22792

印刷所●株式会社暁印刷
製本所●本間製本株式会社

表紙画●和田三造

●お問い合わせ
https://www.kadokawa.co.jp/ (「お問い合わせ」へお進みください)
※内容によっては、お答えできない場合があります。
※サポートは日本国内のみとさせていただきます。
※Japanese text only

ISBN 978-4-04-111423-0 C0193

角川文庫発刊に際して

角　川　源　義

第二次世界大戦の敗北は、軍事力の敗北であった以上に、私たちの若い文化力の敗退であった。私たちの文化が戦争に対して如何に無力であり、単なるあだ花に過ぎなかったかを、私たちは身を以て体験し痛感した。西洋近代文化の摂取にとって、明治以後八十年の歳月は決して短かすぎたとは言えない。にもかかわらず、近代文化の伝統を確立し、自由な批判と柔軟な良識に富む文化層として自らを形成することに私たちは失敗して来た。そしてこれは、各層への文化の普及滲透を任務とする出版人の責任でもあった。

一九四五年以来、私たちは再び振出しに戻り、第一歩から踏み出すことを余儀なくされた。これは大きな不幸ではあるが、反面、これまでの混沌・未熟・歪曲の中にあった我が国の文化に秩序と確たる基礎を齎らすためには絶好の機会でもある。角川書店は、このような祖国の文化的危機にあたり、微力をも顧みず再建の礎石たるべき抱負と決意とをもって出発したが、ここに創立以来の念願を果すべく角川文庫を発刊する。これまで刊行されたあらゆる全集叢書文庫類の長所と短所とを検討し、古今東西の不朽の典籍を、良心的編集のもとに、廉価に、そして書架にふさわしい美本として、多くのひとびとに提供しようとする。しかし私たちは徒らに百科全書的な知識のジレッタントを作ることを目的とせず、あくまで祖国の文化に秩序と再建への道を示し、この文庫を角川書店の栄ある事業として、今後永久に継続発展せしめ、学芸と教養との殿堂として大成せんことを期したい。多くの読書子の愛情ある忠言と支持とによって、この希望と抱負とを完遂せしめられんことを願う。

一九四九年五月三日